KB121701

작전명
'진돗개'

작전명 '진돗개'
문학 시간에 쓴 고등학생 단편소설

1판 1쇄 2019년 2월 12일
1판 3쇄 2022년 1월 5일

엮은이 조향미
펴낸이 조재은
편집 김명옥 박선주
디자인 김선미 신용진 육수정
마케팅 조희정 정영주

펴낸곳 (주)양철북출판사
등록 2001년 11월 21일 제25100-2002-380호
주소 서울시 마포구 양화로8길 17-9
전화 02-335-6407
팩스 0505-335-6408
전자우편 tindrum@tindrum.co.kr

ISBN 978-89-6372-287-0 04810
978-89-6372-288-7 04810 (세트)
값 12,000원

작전명 '진돗개'

조향미 엮음

문학 시간에 쓴 고등학생 단편소설

 양철북

평범한 학생들의 비범한 첫 소설

국어 교사의 괴로움은 학생들의 글을 읽는 일이다. 빈약한 내용에다 오류투성이 문장에 맞춤법도 안 맞는 글쓰기 과제물을 펼쳐 놓고 있으려면 한숨이 폭폭 나온다. 그러나 또 국어 선생의 기쁨은 학생들의 글을 읽는 것이다. 겉으로는 몰랐던 아픔과 슬픔, 기쁨과 꿈을 읽으면서 또렷이 드러나는 한 인간의 모습을 발견할 때 뭉클한 감동을 느낀다. 지식 전달이 목적이 아니라 자신의 생각과 느낌과 추억과 꿈, 가족과 친구와 이웃의 이야기들을 펼쳐 놓을 수 있는 글쓰기가 가능한 시간이 국어 시간이다. 학생들의 글 읽기를 통해서 벽처럼 느껴지던 한 인간의 내밀한 모습을 알아가는 것은 기쁜 일이다. 그래서 국어 교사는 고달프지만 즐거운 직업이다.

그 많은 글들 중에서 가장 즐거운 감동으로 읽었던 글이 학생들의 창작 소설이었다. 고등학교 2학년 문학 시간. 마지막 수행평가로 소설 창작을 했다. 학생들 글쓰기를 수십 년 동안 지도했지만, 소설을 쓰게 할 생각은 못 했다. 산문이나 잘 쓰면 됐지. 시나 소설 같은 본격 문예 창작은 그 분야에 뜻이 있는 학생들이 할 수 있는 것이라 여겼다. 그래도 시는 짧으니 큰 부담 없이 시도할 수 있으나 소설은 문예 동아리에서도 쓰는 학생이 드문 데다, 나도 못 쓰는 소설을 학생들에게 시킬 수가 있나 싶었다.

그런데 학생 활동 중심의 문학 수업을 하다 보니 학생들에게 소설을 써 보자고 하게 되었다. 다양한 글쓰기를 한 다음이었다. 장편소설을 읽고 긴 서평을 썼고 시집을 읽고 시도 써 봤으니, 소설도 한번 써 볼 수 있는 것 아닌가. 늘 봐 오던 밋밋한 산문보다 소설의 미학적 양식을 체험하게 하고 싶은 강렬한 의욕이 생겼다.

고맙게도 아이들이 잘 따라 주었다. 혁신학교를 다니면서 2년 동안 줄기차게 글을 써 온 아이들이었다. 이제까지 썼던 어떤 글보다 재미있어하면서 열의를 다해 소설을 쓰는 학생들을 보면서, 모든 사람은 이야기를 하고 싶은 본능이 있구나 싶었다. 소설 창작을 시도하기 잘 했다 싶었다.

드디어 수행평가 사이트에 올라온 소설을 처음 열어 본 날.

눈이 번쩍 뜨였다. 와, 애들이 진짜 소설을 썼구나. 기대 이상이었다. 문학에 뜻이 있는 것도 아니고 특별히 글을 잘 쓰는 것도 아닌 아이들이 뜻밖에 유쾌, 상쾌, 발랄한 소설을 써냈다. 이 아이에게 이런 면이 있었던가. 사람에 대한 새로운 발견이었다. 내가 알아 온 학생은 그의 전부가 아니었구나. 겸허한 반성도 일어났다.

아이들 소설에는 다른 어떤 글보다 그들의 삶이 생생하게 드러나 있다. 진로에 대해 얼마나 치열하게 고민하는지, 엄마와 어떻게 싸우는지, '썸'은 어떻게 타며 시험공부를 어떻게 하는지, 심지어 어떻게 커닝을 하는지까지. 수필 같은 산문으로는 드러나지 않았던 삶의 장면 장면들이 고스란히 재현된 것을 보고, 소설 쓰기의 의미를 비로소 온전히 자각하게 되었다.

소설은 다른 글보다 상황을 총체적이고 객관적으로 통찰하는 안목을 필요로 한다. 어떤 소설도 한 인물로만 이루어질 수는 없기 때문이다. 이야기를 풀어가려면 전체적인 상황을 짚어 보지 않을 수 없고, 주인공은 물론 상대되는 또 다른 대상의 관점과 입장을 헤아려 봐야 한다. 처음 쓸거리를 정하는 단계에서부터 자신의 삶에서 무엇이 의미 있는 일인지 생각하게 되고, 글을 쓰면서 자신이 끌어안고 있던 고민과 갈등의 문제가 무엇인지도 깨달아갔다. 요컨대 학생들은 소설을 쓰면서 삶을 더욱 섬세하게 보게 되었고, 사람에 대한 시선이 깊어졌다.

그리고 학생들은 어떤 글보다 소설쓰기를 즐거워했다. 글쓰기를 싫어하던 아이들도 소설을 쓸 때만은 멋진 소설을 써 보겠다는 의욕에 차 있었다. 자신의 경험에다 상상을 더하여 이야기를 만드는 즐거움은 아이들 대부분의 마음을 고양시켰다. 글쓰기의 즐거움을 맛볼 수 있다면 이보다 좋은 교육 활동이 있겠는가. 수업 시간에 하는 소설 쓰기는 전문 작가를 기르기 위한 활동이 아니다. 일반 학생들이 소설을 쓰는 행위는 대부분 평범한 시민이 될 그들의 마음을 키워 주는 좋은 공부다.

이 소설을 쓴 아이들은 이제 고등학교를 졸업하고 더 넓은 세상으로 나아간다. 고교 시절의 순수한 마음을 언제나 간직하기를, 더욱 주체적이고 따뜻한 사람으로 성장하기를 바란다. 그리고 이 책을 통해 수업 시간에 소설 창작을 시도하는 선생님들과 소설 쓰기의 즐거움을 흠뻑 맛보는 아이들이 늘어난다면, 소설을 쓴 우리 학생들과 함께 더욱 기쁠 것이다.

조향미

나의 봄날
작전명 '진돗개'

나,
양심은
있는
사람

나의 봄날

정순원

드디어 시작이다. 나의 봄날이. 이제 꽃이 피는 것을 샘나 하던 심술쟁이 추위는 갔다. 여러 생명이 돋아나는 봄, 두근두근 새 학기를 알리는 봄, 소풍과 나들이의 계절 봄. 봄이라…… 듣기만 해도 설레는 단어 같다.

학교를 마친 후 기분 좋게 봄을 만끽하며 길을 걷던 중이었다. 길에는 예쁜 것들이 많았다. 노란 개나리부터 아기자기하고 귀여운 푸른 새싹 등 여러 것들이 예쁘게 거리를 꾸미고 있었다. 그러나 나는 저기 보이는 팝콘보다 더 활짝 핀 꽃 같은 것을 보았다. 나는 하늘마저 핑크하게 물들게 만드는 아리따운 벚꽃을 보고 잠시 멈춰 섰다. 희면서도 발그레한 핑크색을 가진 조금은 수줍은, 한 잎 두 잎 살랑살랑 떨어지면서 매력을 흘리는 벚꽃을 보고 생각했었다. 봄의 대장은 벚꽃이라고.

벚꽃의 꽃말이 뭐였던가……. 순결, 담백…… 참 아름답다
……는 개뿔. 벚꽃의 꽃말은 중간고사다!

새 학기에 이제 조금은 적응을 하나 싶었는데 적응하자마자
꽃 볼 틈도 없이 시험이다. 다음 날이 시험 마지막 날이다. 드
디어 내일만 참으면 놀 수 있다. 여태까지 시험은 망했지만 괜
찮다. 내일이 중간고사의 하이라이트 날이기 때문이다. 다음
날이 시험이었지만 내 마음은 이미 놀고 싶은 욕구로 가출한
상태였고, 근거 없는 자신감에 둘러싸여 마음만은 백 점이었
다. 근거 없는 자신감만 넘치는 것은 아니었다. 나름 준비도 많
이 했기 때문에 완벽했다. 나는 하루빨리 시험을 끝내고 놀러
가고 싶었다. 그렇지만 나는 양심은 있는 사람이기에 독서실
로 향했었다.

'이제 공부를 시작해 보자.'

나는 자리에 조용히 짐을 풀고 앉으며 의지를 불태웠다. 그
런데 가방에서 막 꺼내어서 그런 것일까, 널브러진 책들이 여
기저기 얼굴을 내밀며 자기 먼저 공부해 달라고 말하는 듯 뒤
죽박죽 말이 아니었다.

'정신 사나우니 치우고 공부를 하자. 공부는 환경이 중요해.'

나는 말끔하게 책상을 정리하고 깨끗해진 책상을 보며 만족
하고 있었다. 이제 공부를 시작해 볼까 하는데 깨끗한 탓인지

안 보이던 낙서들이 눈에 띄었다.

'부산대학교 15학번 파이팅!'

'R=VD 나는 경찰로 멋있게 산다.'

'공부해라, 잠이 오냐.'

나는 바라는 대로 다들 잘되었을까 생각하며 씩 옅은 웃음을 떴다. 그리고 나는 심이 얇은 샤프를 꺼내 잘 안 보이는 구석에 소심하게 써 놓았다.

'시험 대박.'

청소를 해서 그런지 배가 고팠다. 나는 재빨리 독서실에 같이 온 스티브에게 연락을 했었다.

"편의점 고?"

"고."

재빨리 답장이 왔다. 아마 이 친구도 나와 같은 행동을 하고 있었으리라 확신하고 편의점으로 향했다.

우리는 간단하게 먹기로 약속을 하고 문을 열고 들어갔다.

"짤랑."

편의점 문의 방울 소리가 12시 30분의 점심시간 종처럼 경쾌하게 울렸다. 아까의 약속은 온데간데없고 우리는 편의점의 휘황찬란한 진열대에 눈이 멀었다. 우리는 진열대 귀신에 홀라당 홀려 먹고 싶은 대로 골라 계산대에 올려놓았다.

"삑."

"삑."

알바생은 열심히 바코드를 찍어 댔고 우리는 올라가는 가격을 보면서 제발 돈이 적게 나오길 빌었다.

결과는 참담했다. 신은 우리 편이 아니었지만 공평한 건 사실이었다. 우리는 신을 미워하며 편의점에서 만 원치 넘게 먹을 바엔 밥버거 두 개를 먹는 게 이득이라 생각했지만, 우리는 찌질하게 후회 따위 하지 않았다. 우리는 정말 간단하게 먹었다. 아마도…….

배를 채우고 우리는 다시 의지를 불태우고 독서실로 들어갔다. 밥을 먹어서 그런지 솔솔 잠이 온다.

'졸면서 공부할 바에는 그냥 잔다.'

이런 생각을 하며 나는 스탠드를 끄고 눈을 감았다. 차라리 졸면서 공부하는 게 나았다. 몇 시간이 지났을까. 밖은 이미 어두웠다.

'하, 이런 멍청한 놈을 봤나. 시계 좀 볼까.'

시간이 이미 많이 지난 것을 확인했지만 습관은 잘 고쳐지지 않는다. 나는 SNS를 보며 또 시간이 가는 줄 몰랐다.

'시험은 컨디션이야. 집 가서 일찍 자자.'

집에 도착하자 정신이 말짱해졌다. 후각을 자극하는 엄마의 구수한 된장찌개 냄새가 나를 자극했다.

"아들- 딱 맞춰 왔네. 오늘 시험은 잘 쳤어? 공부 많이 했어? 내일 시험 마지막 날이잖아. 체력이 중요한 거 알지? 얼른 먹고 일찍 자."

엄마가 랩을 하듯 여러 말씀을 하셨다.

'한 개씩 물어보지……'

나는 엄마의 말씀을 한 귀로 듣고 한 귀로 흘리면서 생각했다.

"당연하지. 내일 백 점 받아 올게."

나는 많은 질문을 일괄 백 점이라는 단어로 돌려 막았다. 맛있는 저녁을 먹은 후에 나는 요점 정리를 한 노트를 보다가 잠이 들었다.

이날만을 기다려 왔다. 결전의 날이다. 나의 실력을 온 세상에 보일 때가 온 것 같다. 나는 한껏 내 몸의 아드레날린을 끌어올려 힘차게 현관문을 열고 나왔다. 아뿔싸. 배가 아프다. 미칠 것 같다. 긴장이 되나 보다.

'하. 집에 들를까, 그냥 참고 갈까.'

나는 심각한 갈등에 빠졌지만 혹시 모를 불상사에 대비하기 위해 집에 들렀다 가는 쪽을 택한다. 이제 정말 나를 막을 것은 없다.

학교에 도착한 후 나는 짧게 친구들과 인사를 나누고 1교시 시험을 준비하려던 중이었다. 1교시는 국어. 어젯밤 국어 요점 정리 노트를 마스터했다. 다시 보면서 천천히 기억을 되살리려 했다. 젠장. 침대 머리맡에 그냥 놔두고 와버렸다. 나는 정말 죽는 게 답인 것 같다.

'아니야, 국어는 지문에 답이 있지. 괜찮아.'

나는 이렇게 자기 합리화를 하고 2교시 수학을 준비했다. 내 수학 수준은 심각한 듯했다. 분명 풀었는데 모르는 것이 답답하기만 하다.

'수학 같은 건 몇 시간 만에 되는 게 아니지. 하던 대로 하자.'

이렇게 또 자기 합리화를 하고 나는 멍 때렸다.

시험이 시작되었다. 교실 안의 공기는 긴장감이 더해져 무거워졌고 딱딱해졌다.

친구들의 눈에서는 좀처럼 보기 힘든 조명이 나왔고 나 역시 온몸의 모든 신경세포들이 시험지 하나, 손끝 하나에 집중되어 있었다.

아까 분명 본 문젠데 기억이 안 난다.

'일단 넘기자. 나중에 기억나겠지.'

지문에 답이 없다.

'가뜩이나 짜증 나는데 선지는 더럽게 못 알아먹겠네.'

이제 시간이 없다. 나는 나라의 중요한 일을 결정하는 대통

령만큼이나 신중하게 결정을 내리기로 했다.

'3번 할까, 4번 할까…… 모르겠다. 모르는 건 다 3번이다!'

"자, 뒤에서부터 답안지 갖고 오세요."

종 치는 소리와 함께 선생님께서 말씀하셨다. 오늘따라 더 얄미우신 느낌이다. 나는 망했다. 아주 완벽하게 망했다. 가채점은 개뿔. 내 시험지를 다시 보기도 싫다.

쉬는 시간, 친구들은 서로서로 답을 비교하며 니가 옳네, 내가 옳네, 옥신각신하며 싸우고 있었다.

"아, 한 개 틀렸어 - 미친!"

그때 가채점을 마친 우리 반 일등이가 어수선한 분위기를 싸하게 만들며 말했다. 아까운 건 알겠다. 그러나 내 앞에서 그런 말을 하다니. 가만히 있을 수가 없다. 정말이지 일등이의 시험지의 동그라미 횟수만큼 아니 틀린 횟수만큼이라도 세게 꿀밤을 먹여 주고 싶었다.

"탁, 탁, 탁."

"앉아 봐라, 애들아. 시험 잘 쳤니? 다들 표정 보니까 망했네. 시험 치느라 고생 많았고 집 가서 푹 쉬어! 종례 끝!"

담임선생님이 교탁을 두드리며 말씀하셨다.

'맞다. 집은 가야 한다. 어쨌거나 시험은 이미 저질러졌고 시간을 돌릴 수는 없다. 나는 인생에서 작은 패배의 쓴맛을 느꼈지만 이런 작은 실패에 골골댈 약한 사람이 아니다. 매번 잘 치

기로 다짐하면서 매번 실패하지만 나는 다음을 또 기대해 본다. 내 인생에서 아주 작은 실패일 뿐이니까.'

창밖을 보니 눈으로만 봐도 따뜻한 햇살이 세상을 포근하게 안아 주고 있었다. 나는 이제 제대로 봄을 맞이할 생각에 아주 기분이 좋았다.

'다음 시험에는 꼭 잘 쳐서 절대 패배감을 느끼지 말자.'

나는 굳게 다짐하며 짐을 싸고 있었다. 신발을 꺼내며 나가려는 순간 익숙한 손길이 내 어깨에 올라왔다.

"피시방 고?"

"고."

나는 봄을 만끽하러 나섰다.

처음엔 나만의 소설을 쓴다는 것이 되게 부담스럽고 어려웠다. 소재를 정하는 것도, 글을 써 나가는 것도 너무 벅찼다. 설상가상 제출 기간이 지나서 쓰던 소설을 다 지우고 새로 시작하는 일도 발생했다. 너무 잘 쓰려고 생각한 나머지 내 소설을 쓴다는 느낌보단 남의 소설을 쓰고 있다는 느낌이 많이 들었기 때문이다. 나는 이 문제가 글의 소재 때문이라 생각했고, 최대한 내 이야기를 잘 쓰기 위해 내가 겪었던 시험이라는 소재를 선택해 글을 써 나갔다. 내가 평소에 다니던 길, 먹었던 음식, 친구와 했던 대화들을 하나하나 곱씹고 기억하며 다양한 수식어로 글을 쓰는 과정이 되게 재밌었다. 또한 일상의 간단한 소재로 소설을 쓸 수 있다는 점이 신기하기도 했다.

소설을 쓰고 난 후 실패를 두려워하지 않는 자신감이 생겼다. 제출 기간이 지났지만 소설을 지우고 새로 쓰는 것은 쉽지 않은 결정이었고, 또 그 후의 결과가 더 잘 나왔기 때문에 실패에 좌절할 필요는 없구나 생각했다. 소설을 쓰면서 자세하게 표현하기 위해 사소한 것들에 더 많은 관심을 기울이게 되었고 그냥 길을 걸어가더라도 꽃이나 하늘, 나무 들을 보며 문학적으로 감수성 있게 생각해 보려는 자세를 갖게 되었다.

그러나 뭐니뭐니 해도, 문학이라는 것이 따분한 것이 아니라 일상생활에서도 스스럼없이 다가갈 수 있다는 것을 깨닫게 된 것이 가장 큰 변화인 것 같다.

… 정순원

"봄의 대장은 벚꽃…… 벚꽃의 꽃말이 뭐였던가……. 순결, 담백…… 참 아름답다……는 개뿔. 벚꽃의 꽃말은 중간고사다!" 이 구절을 읽으며 무릎을 쳤다. 오호! 이 녀석 봐라. 그 뒤로 이어지는 시험공부를 하는, 아니 안 하는 핑계와 변명들. 어찌나 청산유수인지 절로 웃음이 나왔다. 공부 안 하는 녀석이 이렇게 귀엽기는 처음이다. 가지가지 이유를 들어 보면 모두 합당한, 그리고 무척 공감이 가는 것들이다. 누구나 이런 진실하고도 절실한 이유로 공부에 집중을 못 하고 시험을 망치는 것이다. 그러니 어른들은 올챙이 적 생각 못 하고 공부 안 한다고 아이들 혼내지 말 것이다. 시험을 망친 뒤에도 유쾌한 결말. "피시방 고?" 봄을 만끽하러 나가는 청춘. 그래, 시험이 어찌 청춘을 이기랴.

공부와 시험 이야기를 이렇게 재밌게 그려 내기도 쉽지 않을 것이다. 우선 말을 부리는 재주가 무척 뛰어나다. 곳곳에 유머와 위트가 넘친다. 글이란 내용도 중요하지만 표현에 묘미가 있다는 것을 아는 학생이다. 이렇게 글을 재밌게 쓰는 녀석들이 제법 눈에 뜨인다. 그전의 글쓰기에선 발견하지 못한 현상이다. 소설이라는 형식이 이런 표현을 가능하게 했을까. 그동안 읽어 온 소설과 시들이 멋진 표현을 해야겠다는 의욕을 주었을까. 저들이 늘상 보고 듣는 게임이나 예능 프로그램이 이런 표현의 멋을 늘게 했을까. 이유는 한두 가지가 아니겠지만, 아무튼 즐거운 문장들이 나를 무척 고무시켰다. 능청스럽고 생생한 심리 묘사도 좋다.

달리 더 조언하고 싶지 않았다. 내용도 표현도 만족스럽다.

··· 조향미

작전명 '진돗개'

김률

김경주 선생님의 매는 정말 따가웠다. 어디서 주워 온지 영문을 알 수 없는 나무로 된 넓찍한 매가 우리에겐 공포 그 자체였다. 아니 어쩌면 그 이상일지도 모른다. 나는 오늘도 지각을 했다. 내 옆에는 당연히 지원이도 있었다. 지원이는 초등학교 2학년 때 전학 와서 싸움으로 유명세를 탄 녀석이고 6년지기 친구이기도 하다. 그런 녀석이 내 옆에 있다는 것이 든든하다.

우리는 김경주 선생님의 눈을 피해 엘리베이터를 타고 걸리지 않게 돌아갈 생각이었다. 아침부터 〈007〉의 제임스 본드라도 된 것마냥 조심조심 엘리베이터에 탔다. 1층…… 2층…… 3층…… 아뿔싸! 무슨 날벼락인가. 엘리베이터에서 내리는 순간 우리 둘은 같은 심정이었을 것이다. 이렇게 〈007〉의 제임스 본드가 처참히 무너지다니 젠장……. 우리는 그대로 교무

실로 끌려갔고 널찍한 매로 부웅…… 탁! 하고 속 시원하게 한
대 맞았다. 가끔 가다 말썽을 피우는 아이들을 보면 어찌 저리
도 매를 잘 맞는지 의문이다. 심지어 어떤 아이들은 구름 같은
풍성한 솜이나 휴지 몇 장을 겹쳐서 엉덩이에 넣어 맞기도 한
다. 하지만 김경주 선생님의 칼처럼 날카로운 매의 눈은 피하
지 못한다. 대부분 그런 아이들은 배로 맞고 아파서 데굴데굴
구르기 십상이다. 하여튼 저 성가신 매를 없애든가 해야지 저
놈의 매 매 매!!!

점심시간이 되기 몇 초 전 아이들은 전쟁을 준비한다. 총을
쏘아 대고 폭탄이 터지는 그런 전쟁이 아니라 바로 급식 전쟁
이다. 1분 1초라도 빨리 밥을 먼저 먹기 위해 아이들은 죽을 듯
살 듯 달리고 또 달린다. 마치 좀비물에서 욕구에 가득 찬 좀
비들이 달려드는 것처럼 말이다. 점심을 맛있게 먹고 난 뒤 항
상 그래 왔듯이 몇몇 아이들과 축구를 하러 운동장에 나갔다.
내가 바르셀로나의 '메시'가 된 것처럼 드리블하여 골을 넣었
고 나의 플레이는 완벽 그 자체였다. 스트레스 푸는 거에는 축
구만 한 것이 없는 것 같다. 학업 스트레스, 사춘기 부모님과의
갈등 등 공을 세게 뻥 – 하고 차면 내면에 있던 스트레스가 뻥 –
하고 날라간다. 운동밖에 몰랐기 때문에 나의 진로도 운동 쪽
으로 가 볼까 한다. 우리 불같으신 아버지께서 힘들게 허락해

25

주셔서 다행이지 이 문제 때문에 가족과 트러블도 수없이 일어났다.

학교가 끝나고 나와 지원이 그리고 지원이 못지않은 베스트 프렌드 태민이 이렇게 셋이서 학교 앞 피시방에 들렀다. 피시방 아르바이트를 하는 우석이 형은 우리와 친했다. 우석이 형은 대학교는 2년제 전문대를 나왔고 아직 무직이라고 한다. 우석이 형과 옛날부터 마치 친형처럼 지내 와서 피시방에 가면 서비스로 시원한 음료수를 내주곤 한다. 그러곤 "형, 취직은요?"라든지 "여자 친구 빨리 만드셔야죠~"라는 농담 같지 않은 농담을 자주 주고받는다. 가끔씩 면접을 보러 갔는데 떨어졌다던지 그런 슬픈 이야기를 꺼내는 우리 불쌍한 우석이 형……. 우석이 형한테는 안되었지만 현실 사회가 이런데 어쩌겠나? 공부를 잘해야만 먹고살 수 있는 사회……. 난 이런 사회가 마음에 들지 않는다. 어쨌든 우리는 하하 호호 떠들면서 게임을 했다. 이때까지만 해도 중간고사가 일주일 뒤라는 것을 새까맣게 잊고 있었다.

10시가 지난 늦은 밤에 집에 와서는 엄마가 차려 준 된장찌개를 허겁지겁 먹고 내 방에 와서 생각했다.

'에이, 씨…… 시험공부 하나도 안 했는데 어쩌지…… 큰일

26

이네……..'

그래서 11시가 다 되어가는 시간에 나는 국어책을 들고 공부하기로 했다. '일주일 빡세게 공부하면 어느 정도 나오겠지' 생각하고 마치 전교 1등이 된 것마냥 공부를 시작했다.

30분이 지났나? 잠이 폭포처럼 쏟아졌다. 눈이 감기다 못해 손에 쥔 연필까지 떨어뜨릴 정도였다. 검은색은 글자요 흰색은 종이로다. 하는 수 없이 난 재빨리 국어책을 덮고 침대 위에 다이빙하듯이 뛰어들었다. 따뜻했다. 이대로 평생 누워 있었으면 좋겠다는 생각이 든다. 아무것도 하기 싫다. 시험이 일주일밖에 남지 않았음에도 불구하고 어디서 튀어나온지 영문을 알 수 없는 자신감이랄까, 아무튼 그런 힘 같은 것이 내 핏줄 속을 빙빙 돌았다. 그러곤 나의 세포 구석구석까지 침투했다. 얼마나 깊이 들어갔으면 온몸에 힘이 불끈하고 솟아났다. 이대로라면 시험을 잘 칠 것 같다는 느낌이 확 하고 들었다.

다음 날 지각하지 않으려고 조금 일찍 준비해 집을 나섰다. 밖에 나가자 귀가 터질 것만 같았다. 찬바람이 윙윙 소리를 내지르면서 나를 덮쳤다. 내가 엄홍길 대장이라도 된 듯 매서운 추위를 뚫고 교실이라는 도착하기 싫은 정상에 다다랐다. 뭐 어쨌든 도착을 하긴 했다. 평소대로 먼저 도착한 아이들이 삼삼오오 모여 이야기를 나누고 있었다. 나는 추위에 얼어붙은

발을 동동 구르며 내 자리 쪽으로 걸어가서 가방을 풀고 있을 때 내 쪽에서 3미터쯤 되려나? 아무튼 그 정도 거리에서 지원이, 태민이 그리고 시현이 이렇게 셋이 모여 이야기를 나누고 있었다. 그들은 마치 누구라도 들을까 봐 속닥대며 말하고 있었다. 그런데 이것들아 다 들린단다— 책가방을 놓으면서 셋의 이야기를 엿들으려고 귀를 쫑긋 세웠다. 태민이가 이야기를 꺼냈다.

"시험 화난다. 나랑 같이 시험공부 안 할 사람 없냐?"

그러자 지원이가 약간 격양된 말투로 말한다.

"해야지 왜 안 하냐? 이번에도 성적 안 나오면 성적 가지고 백퍼 펄쩍 뛸 건데 그 꼴 보고 싶냐? 보기 싫으면 해야지."

역시 내 친구. 잘한다, 지원이— 그러자 미술 준비생 시현이가 비장한 얼굴로 대화를 이어갔다.

"얘들아 혹시 답 공유할 사람 없냐? 농담 아니다, 진짜다."

뭐라고 저 미친 인간. 지금 내가 잘못 들은 것이 분명하다. 컨닝이라니……. 가만히 듣고 있던 내가 깜짝 놀라 눈을 동그랗게 떴다. 그 뒤론 대화가 잘 들리지 않았다. 지금 마치 정상회담이라도 하는 듯 분명 뭔가 엄청난 대화가 저들 사이에서 오가고 있는 것이 틀림없다. 난 지원이와 태민이를 굳게 믿고 거절할 거라고 믿어서 코웃음을 쳤다. 그래, 저런 거에 넘어갈 애들이 아니지. 몇 초 뒤에 드디어 태민이의 목소리가 살짝 들리기 시작했다.

뭐라고??? 좋다고??? 저런 미친 인간들…… 내 너희들을 굳게 믿었건만……. 난 지원이와 태민이가 당연히 시현이의 제안을 거절할 줄 알았다. 시현이가 무슨 대단한 말을 했는지 모르겠지만 설득을 제대로 당한 거 같았다. 시현이는 미친 게 틀림없다. 미치지 않고서야 저런 행동을 할 리가 없다. 뭐 때문에 저러는지 모르겠지만 여튼 미쳤다. 시현이의 엄마와 우리 엄마가 옛날부터 친분이 있는 사이였는데 시현이 엄마께 말해야 하나, 라는 생각이 들었다. 하지만 남자는 의리에 살고 의리에 죽는다는 생각이 들어서 잠시 접어 두기로 했다.

1교시가 끝나고 참았던 오줌을 배출하러 화장실을 가려던 참, 지원이와 태민이 그리고 시현이가 내 앞을 막아섰다. 그러곤 시현이가 조심스럽게 말을 꺼냈다. 예상이 적중했다. 바로 컨닝을 하는데 동참을 해라, 하는 제안이었다. 박시현…… 정말 악독한 자식……. 이런 되도 않는 제안을 받아들인다면 내가 아니지! 난 단칼에 거절했다. 그러자 세 명의 악동들은 실망하며 그 자리에서 떠났다. 나의 완벽한 승리다. 사실 그 세 명의 악동들이 나를 막아설 때부터 노심초사하고 있었다. 그러나 좋아하기는 글렀다. 이것들이 쉬는 시간마다 나한테 와서 계속해서 물어보았다. 제안을 받아들이면 맛있는 거 사 준다나 뭐라나. 말도 안 되는 소리! 나는 또 단칼에 거절했다. 2승이었다. 자식들 애쓰지 말라고. 학교를 마치고 이제 교실이라는 정상에서 내려올 생각에 들떠 즐거운 마음으로 교실 문을 나오려 할 때 별안간 눈사태가 나를 막아버린 것이다. 또 악동들이 내 앞을 막아섰다. 이번에는 지원이가 나를 설득하려 출격했다. 이 미친 것이 제안을 받아들이면 내 게임 아이디를 키워준다고 하였다. 잽을 한 대 맞은 것 같지만 끄떡없다. 그러자 지원이는 우리가 6년지기 친구인 것을 들먹이면서 애원하고 또 애원했다. 그러자 바위 같던 내 마음이 흔들거리기 시작했다. 마지막으로 지원이는 컨닝을 하면 시험 점수가 잘 나올 것이라는 말을 하면서 우리만 믿으라고 했다. 솔직히 이번 시험 잘 받고는 싶었다. 바위 같던 내 마음이 지원이의 강편치에 의해 산산히 부서지고 말았다. K.O였다. 난 지금 지원이의 달콤한 말에 완전히 설득당한 것이다. 완벽한 나의 패배다. 내가 설득당했다는 것이 한심하기 짝이 없었다. 설득당한 뒤 내 마음 한구석에 악한 기운이 스멀스멀 올라오기 시작했다.

나는 하루 동안 고민에 빠졌다. 학교 수업 시간, 밥 먹을 때, 심지어 자기 전까지도 이 생각이 들곤 했다. 내가 이 일에서 빠진다면 아이들은 '쫄보'라고 볼 게 뻔하다. 그래서 길고 긴 고민 끝에 결국 하기로 했다. 내면에 악한 기운이 완전히 자리 잡은 것이다. 학교에선 컨닝에 동참하는 아이들끼리 단체 톡방을 만든다는 소리가 내 귀에 들렸다. 우리는 마치 비밀 결사대가 된 거마냥 행동했고 점점 인원수를 늘려갔다. 그날 저녁 시현이는 단체 톡방에 아이들을 초대했고 그곳에는 의외의 인물들이 많았다. 나와 지원이, 시현이, 태민이와 학원 친구인 민호와 윤혁이 등등 많은 아이들이 있었다. 놀라운 점은 바로 우리 반 3등인 성호가 포함되어 있다는 것이다. 성호가 이런 짓을 할 아이가 아닌데 말이다. 그는 성실했고 매사 열심히 한다. 그런 성호를 꼬드긴다는 자체가 그저 대단했고 신기했다.

다음 날 우리는 오늘도 여전히 수학 선생님이신 김경주 선생님의 강의를 시체처럼 듣고 있었다. 정말 재미없는 〈지식채널e〉라든지 지루하기 짝이 없는 영화를 보는 느낌이 들었고, 항상 그래 왔다. 김경주 선생님이 파란색 체크무늬 손수건으로 자신의 반들반들한 이마를 딱으면 우리는 웃음을 참느라 끅끅대곤 했다. 수업 도중 김경주 선생님은 우리를 지그시 내려다보며 차분한 목소리로 말했다.

"우리 말썽쟁이 9반 녀석들…… 이번 성적 한번 보겠다. 못 나오면 죽을 줄 알아. 교과서에서 냈으니까 교과서 달달 풀어 봐."

"……"

길고 긴 3초의 침묵을 깬 녀석은 태민이었다. 태민이는 마치 자신이 조커 카드라도 가지고 있다는 듯이 자신감 있게 말했다.

"쌤, 저희 이번 시험 잘 칠 겁니다. 우리 반 점수 기대하세요. 아마 깜짝 놀랄걸요?"

그러자 김경주 선생님은 같잖은 듯이 바라보며 마저 하던 문제를 계속해서 풀어 나갔다. 우리는 서로 눈빛을 교환하며 의미심장한 표정을 지었다. 일이 매우 순조롭게 잘 진행되고 있었다.

수업 시간이 끝나자마자 시현이는 아이들을 불러 모았다. 그러곤 빙빙 둘러싼 아이들 속에서 시현이는 심호흡을 크게 한 번 하고 "진돗개"라고 속삭였다. 그러자 아이들은 어리둥절하며 시현이를 쳐다보았다. 아이들 중 성진이가 진돗개가 뭐냐고 물어보자 시현이는 아까보다 조금 더 크고 또렷한 목소리로 "진돗개"라고 말했다. 나는 도무지 시현이의 말을 이해하지 못했다. 물론 다른 아이들도 마찬가지일 것이다. 시현이는 그제서야 진돗개가 무슨 뜻인지 말해 주었다. 그것은 바로 작전명이라는 것이다. 굳이 여기에다 작전명을 붙이는 것이 조금 유치하기도 했지만 한편으론 마치 특수부대가 된 거 같은 착각을 불러일으켰다. 시현이는 오늘 밤 작전을 말할 것이라며 공포했다. 작전명 '진돗개' 시작이다.

　따뜻한 집에 돌아와서 모처럼 가족끼리 저녁 만찬을 즐기고 있었다. 엄마가 밥을 맛있게 먹고 있는 나를 보고 환히 웃으며 말했다.

　"아들, 이번 시험 기대해도 되지? 시험 잘 칠 수 있길 바란다."

　그 순간 환희 웃는 엄마의 표정을 보고 죄송한 마음이 들어 밥을 씹는 것을 한순간 멈췄다.

　"네⋯⋯."

　나는 어쩔 수 없이 대답했다. 그러고 나서 나는 밥을 다 먹고 조용히 방에 들어갔다. 달력을 가만히 보니 어느덧 시험이 코앞으로 다가왔다. 이틀밖에 남지 않았던 것이다. 이틀 공부 한다 쳐도 별로 달라질 게 없다고 생각했다. 물론 몇 문제는 맞힐 수 있겠지만 그 몇 문제를 맞힌다고 고득점을 받지 못한다. 그 순간 내 폰에서 카카오톡 알림음이 띠-링 하고 울렸다. 단체 톡방이었다. 시현이가 드디어 자신의 작전을 우리에게 알려주나 보다, 라고 생각했고 내 예상은 적중했다.

　시현이의 작전은 이러했다. 답이 만약 1번이면 손가락 한 개를 들고 2번이라면 두 개, 3번이라면 세 개 이런 식의 작전이었다. 이런 게 무슨 엄청난 거라고. 난 뭐가 있나 했다. 엄청 기대를 하고 있었던 내가 비참해진 순간이다. 심지어 지원이는 이런 게 작전이라며 비아냥거리기까지 했다. 뭐…… 어찌 되었건 간에 모든 준비는 다 했고 거사를 치를 일만 남았다.

그날 밤 나는 만약 컨닝을 하다가 걸리면 어떡하지, 라는 걱정과 불안감 속에 잠을 제대로 설쳤다. 그리고 결국 맞이하기 싫은 수요일 아침을 맞이해버렸다. 어제 어지간히 잠을 설쳤는지라 내 두 눈이 도통 떠지질 않았다. 그렇게 눈꺼풀의 무게를 이겨 내지 못하고 아침을 먹으려고 숟가락을 들었을 때 난 정신이 번쩍 들었다. 바로 오늘이 거사를 치를 날이기 때문이다. 엄마는 아침밥에 조금 더 신경을 써 주셨다. 아침부터 고기 반찬이 있질 않나, 산처럼 쌓아 올린 고봉밥에다가 달걀 프라이까지 그야말로 만찬이었다. 나는 마치 몇 날 며칠을 굶은 사자마냥 밥을 우걱우걱 씹어 댔고 마지막 한 톨도 남김없이 싹싹 긁어 먹었다. 그러나 아직도 나의 마음 한구석 어딘가가 불편했다.

집을 뒤로하고 세상 밖에 나오자 길거리의 사람들은 제각각 자신의 일터로 발을 옮기고 있었고 경비 할아버지께선 열심히 길거리를 청소하고 계셨다. 심지어 땅 위의 개미들조차 열심히 먹이를 나르고 있었다. 이 추운 날씨에도 불구하고 자신의 할 일을 열심히 하고 있던 것이다. 다들 이렇게 열심히 살아가고 있는데 난 열심히 하기는커녕 컨닝이나 하려고 하질 않나

……. 결국 난 하늘을 올려다보면서 한숨을 크게 한 번 내쉬고 발걸음을 옮겼다. 걷는 동안 마음이 착잡했다.

차가운 바람을 뚫고 도착한 교실 안에는 아이들이 제법 많이 와 있었다. 아이들의 대화는 온통 시험에 대한 이야기뿐이었다. 내가 책가방을 풀고 앉으려는 찰나, 지원이와 시현이 그리고 몇몇 아이들이 내 곁으로 쥐 떼처럼 몰려왔다. 그러곤 시현이가 세상 진지한 표정으로 "얘들아 내가 말한 거 기억하지? 걸리면 안 된다, 한 명이라도 걸리면 다 걸려. 조심해" 하고 말했다.

아이들은 하나같이 고개를 끄덕이고 있었다. 아주 그냥 누아르 영화 한 편을 찍어라 이것들아……. 이런 생각을 하는 나지만 그렇다고 지금 내뺄 수는 없는 상황이다. 안 그래도 소심하기 짝이 없는 나인데 내빼면 아이들은 뭐라고 할까……. 으…… 생각도 하기 싫다. 하는 수 없이 이 누아르 영화의 주연으로 참여하기로 했다.

"띵 동- 띵 동."

시험이 시작되는 종소리가 울렸다. 우리에게는 시험이 시작되는 종이자 거사를 시작하는 종소리이기도 하다. 후…… 모든 준비는 끝이 났다. 이제 실전이다.

1교시는 국어 시간이었다. 내가 공부를 하지 않았기에 국어 지문을 읽을 때 헤르만 헤세의 《데미안》을 연상케 했다. 이해할 수가 없었다. 옆을 살짝 처다보니 시현이와 성진이는 시험이 시작된 지 10분도 되지 않아 손가락을 올렸다 내렸다 하고 있었다. 심지어 우리 반 3등인 성호와 윤혁이, 태민이까지도 은밀하게 손가락 장난을 치고 있는 것이 아닌가? 나도 질세라 건너편에 앉은 지원이에게 문제 5번의 답이 뭐냐며 손으로 5를 슬쩍 보여 주었다. 그러자 지원이는 손으로 3을 보여 주었다. 이거구나! 이게 오묘하게 재미있었다. 그야말로 스릴 만점이었다. 담임선생님의 눈을 피해 슬며시 손가락 장난을 계속했다. 이쯤 되면 담임선생님이 눈치챌 만한데 고마우신 우리 선생님께서는 세상모르고 계셨다. 이대로라면 절대 걸리지 않을 것만 같았다. 작전명 '진돗개'가 잘 통하고 있는 것이다.

스릴 만점이었던 1교시 국어 시험이 끝나고 영화의 주연들이 다시 모였다. 태민이가 거만한 자세로 외쳤다.

"담임이 모르더라 – 어떻게 이걸 모를 수가 있냐?"

아침까지만 해도 돌덩이같이 바짝 굳어 있던 내 안면 근육들이 스르륵 하고 풀어졌다. 그리고 걱정과 불안 속에 속박되어 있던 내가 석방되는 순간이었다. 그러자 지원이가 타이르듯이 말했다.

"아직 완전히 끝난 거 아니니까 긴장의 끈을 놓기엔 일러."

그렇다. 아직 완전히 끝난 게 아니다. 긴장의 끈을 놓을 때가 아직 멀은 것 같다. 이때까지가 몸풀기였고 지금부터가 진짜라는 생각을 가지고 다음 시험에 임했다.

"띵 동 – 띵 동."

2교시 수학 시험이 시작되는 종소리가 울렸다. 이번에도 담임선생님이 눈치채지 못할 게 분명하다. 그래서 우리는 1교시때와 마찬가지로 열심히 작전명 '진돗개'를 펼칠 것이다. 수학을 못하는지라 풀 수 있는 문제가 몇 개 없었다. 그러나 나에겐이따위 수학 시험을 잘 받을 수 있는 비장의 무기가 있다는 것을 독자들은 알기를 바란다. 나는 내 자리 뒤에 있는 동훈이에게 5번에 답이 뭐냐며 손가락 다섯 개를 살며시 펼쳤다. 그러자 동훈이는 그 문제의 답이 3번이라면서 손가락 세 개를 펼치곤 미소를 살짝 지었다. 그런데 그때 큰 재앙이 우리 앞을 막아섰다. 담임선생님이 이 엄청난 광경을 봐버렸고 우린 그때 모두 다 깨달았을 것이다. 작전명 '진돗개'가 무산되었다고. 피가거꾸로 솟는 느낌이 들었다. 담임선생님은 얼굴이 빨갛게 달아오르면서 소리를 질렀다.

"야, 너희 둘! 지금 뭐하는 거야. 그 시험지 당장 가지고 나와. 어서!"

담임선생님은 우리들 보는 앞에서 시험지를 좍좍 찢어버렸다. 깜깜했다. 아무 생각도 들지 않았다. 아니 어쩌면 이게 꿈일 수도 있다는 생각이 들었다. 그래서 난 어금니를 있는 힘껏 깨물어 봤지만 역시나 실제 상황이었다. 담임선생님은 우리 둘 보고 교무실로 가라 하셨다. 내가 이 짓거리를 왜 했나 자괴감이 들었다. 하지만 후회해 봤자 소용없다. 영화 〈나비효과〉(시간을 되돌리는 내용의 영화)의 주인공이 되지 않는 이상 이미 엎질러진 물이다. 나와 동훈이는 교무실에서 마치 범죄자가 된 것마냥 고개를 푹 숙이고 있었다.

여기서 끝났으면 불행 중에 다행일 것을…… 몇 분 뒤 지원이와 시현이가 교무실로 슬금슬금 기어 들어왔다. 그 뒤를 이어 영화의 주연들이 줄줄이 교무실로 입장했다. 단체 컨닝에 동조한 모든 아이들이 죄다 불려 온 것이다. 이 녀석들이 나랑 동훈이가 걸렸음에도 불구하고 계속해서 컨닝을 했던 게 틀림없다. 아이고- 이 독종들……. 제발 누가 이걸 꿈이라고 해 줬으면 얼마나 좋으련만……. 그리스 신화에 나오는 꿈의 신이라 불리는 '모르페우스'에게 기도라도 해야 할 판이다. 우리는 결국 학생인성부실로 불려 갔고 설마설마했던 성은 김이고 이름은 경주라고 불리는 가장 피하고 싶은 선생님 곁으로 갔다. 영화의 주연은 개뿔……. 자- 이제 죄수들 입장해 주세요. 김경주 선생님은 우릴 보더니 자신의 왼쪽 엄지손가락에 긴 새빨간 보석이 박힌 반지를 살살 돌리면서 말했다.

"너희들 밥 먹고 학생인성부실로 오라."

무서웠다. 정말 무서웠다. 미치도록 무서웠다. 차라리 김경주 선생님한테 혼나는 것보다 공포영화 세 편을 연달아 보는 것을 추천한다. 우린 밥을 먹는 둥 마는 둥 했다. 자 이제 기다리고 기다리던 달콤 살벌한 김경주 선생님의 훈계 시간이 돌아왔도다. 머리를 조아려라. 그런데 잠깐. 누구 한 명이 보이질 않는다. 그렇다. 태민이 녀석이 도망을 친 것이다. 이 사실을 김경주 선생님이 알면…… 어우…… 상상도 하지 말자. 태민이 이 자식은 내일 큰 봉변을 당할 게 분명하다.

우린 학생인성부실로 슬금슬금 들어갔다. 김경주 선생님이 계셨다. 우리가 들어가자 김경주 선생님은 말했다.

"주동자 나와."

낮고 비장한 목소리였다.

"……."

우리는 쥐 죽은 듯 조용했다. 그러자 김경주 선생님이 다시 반복했다.

"주동자 나와."

이번에는 아까보단 높고 흥분된 목소리였다. 그러자 이 모든 원인의 제공자 시현이가 몸을 꽈배기처럼 배배 꼬며 한 발짝 앞으로 나왔다. 그러자 김경주 선생님은 주동자 시현이에게 매 10을 선물하였고 나머지 아이들은 매 5대를 선물하셨다. 죽을 듯이 아팠다. 나는 터져 나오려는 눈물을 꾹 참았다. 김경주 선생님의 지옥 같은 타작 시간이 끝난 후 김경주 선생님이 말했다.

"이 매를 맞고 너희들의 그 정신머리 고쳐졌으면 한다. 올바른 인간이 돼라, 이상."

선생님의 훈계 방식은 의외로 간단했다. 하지만 우리 중 대부분은 울음을 터뜨렸다. 나는 생각했다. 내가 이때까지 살아온 나날들…… 과연 올바른 삶이라고 할 수 있을까……. 내가 해 온 행동들 하나하나 엉망진창이었다. 내 주변의 모든 이들은 자기 할 일을 하며 열심히 하루를 보내는데 그에 비해 나의 생활은 정말 비참했다. 쓰레기 같았다. 김경주 선생님의 매는 정말 따가웠지만 한편으론 내가 이때까지 했던 행동들, 사춘기의 아픔을 아물게 해 주는 반창고와 같았다. 그리고 내가 새롭게 태어날 수 있게 해 준 마법의 봉이랄까……. 아무튼 이 매를 맞고 나는 과거라는 껍질을 깨부수고 나온 햇병아리처럼 다시 태어나야겠다고 생각했다.

밖은 차가웠다. 나무는 바람에 흔들려 이리저리 춤을 추고 있었다. 나무는 뭐 저리 신나는 일이 있는지 춤까지 출까. 차가운 바람이 한 번 '쌔앵' 하고 불자 내 마음 한구석이 쓰라렸다.

아마 내면의 악한 기운이 사라지고 그 자리가 아물려고 하는 것일 게다. 아니 어쩌면 이미 아물었을지도 모른다.

집에 돌아오자 엄마는 이 모든 사실을 알고 있었던 것이다. 나는 엄마를 보자마자 실망시켜드린 것 같아 죄송하고 부끄러운 마음에 참았던 눈물이 왈칵하고 쏟아졌다. 서러웠다. 엄마는 나를 위해 이렇게 열심히 뒷바라지해 주시고 온갖 고생을 하시는데 지금 내가 해 온 행동들을 생각해 보면 정말 죄송했다. 얼마나 울었을까. 울고 있던 나에게 먼저 다가온 건 엄마였다. 엄마는 날 말없이 꼬옥 안아 주셨다. 그리고 엄마는 말했다.

"원래 사람은 실수라는 것도 할 수 있고 때론 넘어져서 아플 수 있는 거야. 중요한 것은 그것을 깨닫고 앞으로의 행동을 보여 주는 거야. 알겠지?"

혼낼 것 같던 엄마가 이런 말을 하니 죄송한 마음이 더욱 커져 눈물 자국이 엄마의 어깨를 덮을 때까지 울었다. 나는 절대 이런 행동을 하지 않으리라고 다짐했다. 조금 뒤 엄마는 환히 웃는 얼굴로 말했다.

"그만 울고…… 니가 좋아하는 된장찌개 끓여 놓았단다. 먹으러 가자."

눈물 콧물 범벅이 된 나의 얼굴을 차가운 물티슈로 '스윽' 닦고 식탁 앞에 앉았다. 고소한 된장찌개 냄새를 맡으니 마음이 한결 편해졌다. 나는 콧물을 홀쩍거리며 된장찌개 한 숟갈을 떠서 입안으로 가져갔다. '후루룩.' 오늘따라 유난히 엄마의 된장찌개가 맛있게 느껴졌다. 그리고 오늘 깨달은 바가 있다. 바로 김경주 선생님의 매는 엄청 따갑다는 사실을. (아 참, 태민이의 운명은 독자들의 생각에 맡기도록 하겠다.)

솔직히 말해서 이 소설을 쓰기 전에 학교에서 여러 글쓰기 활동들을 다양하게 해 왔다. 그때는 쓰기가 귀찮고 마음먹고 쓰려 해도 몸이 따라 주지 않았다. 8천 자 글쓰기를 한 적이 있는데 정말 나에게는 오싹한 느낌을 주곤 했다. 몇 개월 뒤 학교에서 소설 쓰기 과제를 내주었다. 이전 글쓰기에 비해 흥미가 생기고 내 마음속에서 작은 의욕이 올라왔다. 나는 어릴 때 추리소설이나 일반 소설을 꽤나 읽었는지라 '소설'이라는 단어를 듣자 두 눈에 불이 번쩍 켜졌다. 주제도 내 경험을 가지고 쓰라고 하셨는데 이때다 싶어 내 인생의 가장 스펙타클한 경험을 쓰기로 했다. 나는 곰곰이 생각했다. 어떻게 하면 소설을 흥미진진하게 쓸까 하고. 그러곤 줄줄 써 내려갔다. 꽤나 진도가 빨리 나갔고 마침내 소설의 마지막 줄 마침표를 '딱' 하고 찍었을 때의 쾌감. 이런 게 글쓰기의 묘미구나, 하고 생각했다. 그리고 글쓰기가 딱딱하고 재미없는 것은 아니었구나, 하는 생각도 들었다. 이번을 계기로 글쓰기의 참된 맛을 알았고 모든 글쓰기 과제가 나한테 오면 즐거운 마음으로 쓸 수 있게 되었다. 한마디로 말하자면 글쓰기가 좋아졌다.

내가 단체 커닝 사건을 소재로 한 이유는 초등학생 시절, 아니 학창 시절 통틀어서 가장 기억에 남고 짜릿한(?) 경험이었기 때문이다. 아마 초등학생들이 단체 커닝을 한다는 것은 상상도 하지 못할 것이다. 그 기억이 머릿속에 생생하게 남아 있기 때문에 소설을 더욱 깊이 있게, 내용도 풍부하게 쓴 것 같다.

그런데 이 소설을 쓰는 과정에서 그 당시 느끼지 못했던 느낌이 온몸을 휘감았다. 바로 죄책감이다. 그땐 워낙 철이 없는 나이라 그 느낌을 직접적으로 느끼진 못했다. 하지만 소설을 쓰는 중에 옛 기억들이 하나둘씩 피어오르면서 죄책감이라는 것이 스멀스멀 올라왔다. 나는 또 한 번 느꼈다. 내가 성장이란 것을 했구나 하고. 나는 단체 커닝 사건을 내 인생의 반환점이라고 생각한다. 몸이 아니라 마음을 성장시키고 모든 일에 한 번 더 생각하게 만들었기 때문이다. 이 소설 과제를 내주신 선생님께 정말 감사하다.

… 김률

글을 읽고 깜짝 놀랐다. 이게 누구 글이더라? "김경주

선생님의 매는 정말 따가웠다." 쌈박하게 시작하는 서
두. 흥미진진한 사건 전개와 심리 묘사도 빼어났다. 김
률이 이 정도로 글을 쓸 줄 아는 학생이었던가? 설마 표
절? 그런데 그건 아니라는 것을 알고 있었다. 소설 쓰기
를 시작하고 누군가 단체 커닝 사건을 쓰고 있다는 이야
기를 들었다. 학원에서도 글을 쓴다고 했다. 단체 커닝?
누구지 싶었는데 률이었다. 그래도 믿기지 않아서 이
전에 쓴 글들을 조회해 보았다. 8천 자 서평 쓰기는 3천
여 자를 겨우 썼고, 시집 비평은 단락 구분 하나 없이 붙
여 쓴 줄글에다 띄어쓰기도 엉망이었지만 내용은 꽤 쓸
만했다. 생각이 없는 아이가 아니었다. 1학년 때 글쓰기
도 성의가 없었고, 미제출자 명단에도 종종 오르던 학생
이라 거의 기대가 없었다. 그런데 소설 쓰기에서 이렇
게 괄목상대하다니. 신기한 마음까지 들었다. 률이를 불
렀다.

"니가 쓴 것 맞아?"

"예, 제가 썼습니다."

"백 프로?"

"예, 백 프로."

"소설 아주 멋지네. 갑자기 왜 이렇게 잘 쓰게 된 거야?"

"그냥. 제가 경험한 걸 쓰니까 재밌었어요. 소설이라는 거 첨 써 보지만 그때 생각도 나고 재밌어서 열심히 썼어요."

"맞춤법, 띄어쓰기도 잘 맞네. 저번엔 엉망이더니."

"아. 이번엔 신경 써서 좀 잘해 보고 싶었습니다. 이전에는 귀찮아서 그냥 대충 해버렸는데……."

흠, 아이들이란 이렇다. 마음이 꽂혀서 하는 일은 이렇게 멋지게 해낸다. 강제로 주어진 선생님의 과제가 아니라 자기 일이 되는 것이다. 자발성, 의욕을 끌어내는 것이 교육에서 가장 중요하다는 것을 알겠다.

커닝을 하는 과정. 처음에는 부정하고 거부하다가, 믿던 친구마저 나쁜 꼬임에 넘어가는 모습을 보고 실망하다가 결국 본인까지 가담하게 되는, 일탈의 심리와 과정 묘사가 흥미로웠다. 애들이 이렇게 악의 소굴에 빠지는구나. 그래도 양심의 가책을 받으며. 글을 쓰면서 다시 반성을 했다는 학생이 귀여웠다. 몇 년이 지났는데도 이렇게 생생하게 재구성해 낸 것을 보면, 초등학생 때라

46

징계를 받지는 않고 훈계로 끝나긴 했어도 마음에 깊이 남았던가 보다. 실수와 잘못을 가벼이 넘기지 않아서 이런 소설을 써낼 수 있었다. 잘못을 어떻게 마음에 새기고 성장의 발판으로 삼는가가 중요하다는 것을 다시금 느낀다. 집단 커닝의 충격과 깊은 반성으로 이런 멋진 소설을 쓸 수 있게 되었고. 더구나 글쓰기의 매력과 자신감도 얻게 되었다 하니 이런 것이 전화위복이겠다.

··· 조향미

새 학기
평범한 연애
전학생
전염병

달고도
쓴

새 학기

김승리

"1번부터 조용히 줄 서라."

평소 같으면 선생님 말은 시끄러운 교실 속에 묻혀버릴 테지만, 오늘만큼은 그렇지 않다. 선생님의 말이 떨어지기 무섭게 일어나서 한 줄로 줄을 선다. 선생님이 들고 계신 네모난 작은 종이 때문에 우리들은 초조해하고 떨고 있다. 우리 반 번호 1번이 그 작은 종이를 받고 작게 탄성하고는 조용히 의자를 빼고 자리에 앉는다. 그 모습을 본 우리 반 모두는 발을 동동 구르기도 하며 손까지 떤다. 내 차례가 왔다. 망설임 없이 종이를 주는 무심한 선생님 손에서 그 종이를 받은 뒤 종이에 적힌 글을 확인한다.

'송주중학교'

아…… 그렇다. 최종 중학교 배정에 대한 종이였던 것이다. 모두들 우리 학교에서 제일 많은 학생이 가는 연지중학교에 가고 싶어 했다. 물론 나도 그랬다. 새로운 환경에 적응하기 위해서는 친구가 많아야 편하니까 말이다. 하지만 내가 배정받은 중학교는 우리 학교에서 고작 열 명 남짓한 학생만 가는 곳이다.

'편한 길 걷기는 틀렸구나…….'

친한 친구가 단 한 명도 없는 송주중학교 입학은 지옥이다. 내성적이고 붙임성이 없는 편이라 새 학기에 친구에게 말도 못 거는 데다가 송주중학교는 소문도 좋지 않았고, 모두들 가기 싫어했다.

집으로 돌아가는 길, 지금 걷고 있는 이 초등학교 운동장 길도 거의 마지막이라 생각하니 괜히 울적해진다.

집에 도착해 내가 가장 아끼는 인형이 놓인 나의 분홍빛 침대에 가방도 벗어놓지 않은 채 스러지듯 누웠다. 엄마가 옷도 갈아입지 않고 침대에 누웠다고 잔소리하는 소리가 들렸지만, 중학교 배정에 실패한 나는 엄마 목소리가 들리지 않는다. 인형을 끌어안으며 오늘 중학교 배정에 대해 생각을 했다.

'내가 적응을 할 수 있을까? 만약 새로운 친구를 못 사귀면

어쩌지? 3년 동안 지옥일 거야.'

부정적인 생각만 떠올랐다. 초등학교를 졸업하면 마음 편할 줄 알았는데 새로운 시작이 기다리고 있었다.

시간이 흘러 중학교 입학식이 다가왔다. 어울리지 않는 어눌한 교복을 갖춰 입고, 초록빛 인조 잔디 운동장에 입학생들이 일렬로 서 있다. 초등학교 때와는 사뭇 다른 분위기의 중학교 풍경에 머리가 멍하다. 선생님이 중학교와 초등학교의 차이점을 설명하시고, 중학교에서의 학교생활과 내신에 대해 설명을 해 주셨다. 선생님이 말씀을 끝내시고, 모두들 운동장에서 각자 반으로 들어가 친구들과 친해질 수 있는 시간을 준다고 했다.

심장이 쿵쾅쿵쾅 떨려 왔다. 내성적인 성격을 숨기고 활발한 척을 해야지 많은 친구들과 친해질 수 있다는 생각에 표정도 억지로 웃어가며 반에 들어갔다. 앞으로 일 년간 같이 지낼 반 친구들이 같은 공간에 전부 있다는 생각에 심장이 떨리다 못해 녹아버릴 것 같았다. 담임선생님이 자기소개를 하시고 또 내신에 대한 이야기를 하셨다. 도대체 내신 이야기는 왜 이렇게 많이 하는 건지 이럴 시간에 친구 사귈 시간이나 줬으면 좋겠다.

"수진아-"

모든 소개 시간이 끝나고 짐을 싸는 중, 뒤에서 누가 날 부르는 소리가 들려왔다. 송주중학교에는 날 아는 사람이 몇 명 되지 않는데 누구지, 하며 뒤를 돌아봤다. 활짝 웃는 얼굴, 눈이 또렷하고 드라이가 되어 있는 긴 머리를 한 또래 친구가 날 불렀다. 물론 난 이 친구를 몰랐다.

"너 누구니? 내 이름을 어떻게 알아?"

"실망이야! 같은 반이 된 친구 이름도 모르니? 흥! 내 이름은 안 알려 줄래!"

같은 반 친구? 하루도 되지 않았는데 첫날부터 같은 반인 친구가 말을 걸어 주다니, 지금까지 했던 걱정이 한순간에 날아가 버리는 느낌이 들었다.

"엥? 네가 이름을 안 알려 주면, 난 어디서 네 이름을 알아야 하니?"

이름을 안 알려 주며 장난을 치는 친구에게 조금 당황스러운 얼굴로 말을 했다. 친구는 자신의 교복 재킷에서 핸드폰을 꺼내어 다이얼 모드로 화면을 바꾸고 나에게 말을 걸었다.

"네 번호를 내 폰에 저장하면 네 카카오톡에는 자동으로 내 이름이 나와! 그렇게 보라는 소리잖아 멍청아! 얼른 폰 번호나 불러 봐, 얼른. 내 폰에 저장시키게."

"어…… 어! 내 번호는 010에……."

친구는 나에게 쉽게 이름을 가르쳐 주지 않고, 어려운 방법으로 알아보라고 했다. 내 번호를 얻기 위한 것일까? 이 친구도 나처럼 중학교에 적응하기 위해 친구를 사귀려는 걸까? 뭐든 좋다. 난 하루도 되지 않아 친구가 생겼고, 앞으로의 중학교 생활은 이 친구와 아주 잘 보낼 수 있을 것 같다는 생각을 했다.

집에서 카카오톡을 확인해 보니, 그 친구의 이름은 '최유리.' 그날 새벽에 그 친구와 밤새도록 카카오톡을 하며 친해졌다. 그렇게 송주중학교에서의 생활이 시작되었고, 절친이라고 해도 무방할 정도로 유리와 아주 친하게 지냈다. 초등학교 때는 없었던 재미있는 부 활동과 동아리 활동도 함께하고 유리와 하는 모든 일들이 좋았다. 하지만 유리가 초등학교 때 친하게 지냈던 친구들은 소문이 좋지 않기로 유명했고, 나는 그 친구들을 처음에는 안 좋게 보았지만, 결국 나도 그 친구들과 친해져서 놀게 되었다.

유리와 함께해서인지 중학교 생활이 훌쩍 갔다. 한 달 정도가 지난 어느 날 5교시가 영어 시간이었다. 유리와 유리의 친구들은 유독 그 영어 선생님을 싫어했고, 우린 5교시 전 점심시간에 그 선생님에 대해 이야기를 했다.
"아- 영어 존나 하기 싫어. 그 쌤 수업은 들을 만한 수업이 아니라니까?"

"맞아. 목소리도 듣기 싫고 짜증 나."

우리는 점심시간에 둘러앉아 그 선생님이 싫었던 상황에 대해서 말을 하고 욕을 했다. 이야기 도중 유리가 뭔가 생각난 듯 갑자기 식판이 있는 책상을 손으로 쾅 내리치며 이야기했다.

"야! 이 바보들아 수업하기 싫으면 수업 제끼면 되잖아."

"뭐? 미쳤냐? 들키면 어떡하려고."

"들어 봐! 며칠 전 다른 반 친구가 그 쌤 수업 제꼈는데 안 들켰대. 출석도 안 부르잖아."

유리는 미소를 지으며 영어 선생님 수업을 빠지자고 말했고, 난 중학교에 들어가기 전 언니가 수업은 절대로 빠지지 말라고 신신당부를 해서 머뭇거렸다. 다른 친구들도 처음엔 머뭇거렸지만, 결국 그렇게 하자고 했다. 친구들이 전부 빠진다고 하니까 나도 그냥 분위기에 이끌려 빠지게 되었다.

점심시간이 지나고, 5교시에 우리들은 영어 수업에 들어가지 않고, 영어반 근처 화장실 네 번째 칸에 들어가서 문을 잠그고 얼굴에 생전 발라 본 적이 없는 비비크림도 발라 보고, 틴트도 발라 보며, 그 안에서 장난치며 놀았다. 중간에 청소하는 아줌마가 우리 화장실 문이 잠겨 있으니 쾅쾅대기도 했지만, 우린 오히려 스릴을 느끼며 좋아했다.

종이 치고, 우린 화장실에서 나와서 반 아이들에게 우리 수업 빠진 걸 들켰냐고 물었다.

"야, 쌤이 출석부 불렀냐? 우리 들켰어?"

"아, 응…….다른 친구가 선생님께 말해서 담임선생님이 너희들 수업 마치고 오라고 하셨어."

가슴이 덜컹 내려앉았다. 7교시가 끝날 때까지 손이 부들부들 떨리고, 가슴도 쿵쿵 뛰었다. 담임선생님이 혼내실 것도 무섭고 이런 경험은 처음이라 생각 없이 행동한 나를 원망했다.

"미쳤니? 너희 아직 중학교 1학년이야. 나이도 어린데 어떻게 이런 나쁜 짓을 저지르니!"

"죄송합니다."

"죄송하다고 하면 다야? 부모님이 느끼실 슬픔은 너희가 감당 못 해!"

모든 수업이 끝난 후, 담임선생님께 불려 가서 혼도 나고 벌도 받았다. 앉았다 일어서기를 백 번 아니 천 번은 넘게 한 것 같다. 다리는 터질 듯이 아프고, 선생님은 엄마와 통화 중이셨다. 난 이제 어떻게 해야 할까…….

선생님께서 잠시 우리를 복도로 나가게 하셨다. 친구들은 복도로 나와 선생님 욕도 하고, 가출하자는 계획까지 세우고 있었다. 가출 계획은 첫날은 유리네 집에 아무도 없으니까 유리네 집에서 머물고 그다음엔 찜질방에 가기로 하는, 중학교

1학년다운 허술한 계획이었다. 이런 상황에서 가출 계획을 짜는 걸 보니 친구들은 아무 생각이 없어 보였다. 이야기 도중 선생님께서 교무실에서 나오시며 말씀하셨다.

"김수진. 너만 교무실로 들어와."

선생님께서 유리와 다른 친구들은 내버려 두고, 나만 불렀다. 난 그 순간까지만 해도 내가 더 혼나겠구나 싶었다.
"후……. 수진아 선생님이 유리나 다른 친구들 집으로 가게 했어. 너랑 할 얘기가 있어."
"저한테요?"
"그래."
선생님은 유리와 친구들을 혼낼 때와는 다르게 온화한 표정을 짓고 계셨다. 혼낼 것은 아닌가 보다 싶어서 다행이었다. 하지만 그 후 선생님의 말씀은 나에게 충격을 주었다.
"유리랑 다른 친구들 소문 안 좋은 거 알고 있지? 아니, 모를 리가 없겠지."
"무슨 말씀이세요?"
"넌 걔네들이랑은 다르게 성적도 나쁘지 않고, 착하잖니? 질 나쁜 친구랑 놀면 너만 안 좋게 물들어."
이런 말씀을 하시는 선생님을 이해할 수 없었다. 수업 빠진

걸 들킨 것보다 몇 배는 머리가 띵했다. 선생님께서 왜 이런 이
야기를 하시는 건지 모르겠다. 난 유리를 좋아했고, 아주 절친
한 친구였다. 지금까지 친구를 사귈 때 가리면서 사귄 적은 없
었다.

　학교에서 선생님이 그렇게 말씀하시고 집에 도착했을 땐,
엄마는 그렇게 크게 화를 내지 않았다. 다음부터는 그러지 말
라고 잔소리만 하셨다. 수업에 빠졌다는 죄책감보다 오늘 나
에게만 그런 말을 하신 선생님에 대한 생각과 유리와 친구들
에 대한 생각만 떠오를 뿐이었다. 붙임성 없는 나에게 말을 걸
어 준 유리와 친구들은 어쩌면 나에게 생명의 은인일지도 모
른다. 이 친구들이 없었더라면, 난 다른 친구를 사귀지 못하고
떠돌아다니는 처지에 놓였을지도 모르니까.
　사실 유리와 친구들이 영어 시간에만 나쁜 짓을 한 것은 아
니었다. 선생님에게 도를 넘은 버릇없는 짓을 하는 건 기본이
고, 수업 시간에 자지 않고 수업을 들은 적은 손가락에 꼽을 정
도였다. 나쁜 일이라는 건 알고 있었다. 하지만 나만 빠지면 이
친구들과 더 이상 친해질 수 없을까 봐 똑같이 나쁜 행동을 했
다. 우리 담임선생님은 그나마 성적이 괜찮은 나한테 말을 한
것 같다. 초등학교 땐 누구라도 친하게 지내야 한다고 배웠는
데 중학교는 다른 것 같다.

다음 날 학교에 도착하고, 유리는 다른 날과 다름없이 친구들과 수다를 떨고 있었다. 유리가 날 발견하고 반갑다며 인사를 했다.

"야 수진아! 너희 엄마가 너 혼냈어?"

"응. 근데 딱히 크게 혼내진 않았어."

"크크크. 얘는 엄마가 회초리로 종아리 때리고 난리도 아니었대."

어제의 영어 시간에 대해서는 별생각 없다는 듯이 마냥 웃고만 있는 친구들. 원래 같으면 나도 같이 웃었겠지만 어제 선생님이 하신 말을 생각해 보니, 정말 이 친구들 답이 없어 보이기 시작했다.

이 친구들의 나쁜 행동을 그 후로도 몇 차례나 볼 수 있었다. 벌점이 30점이 넘는다고 항상 방송으로 불려 가는 친구도 있고, 학교 주임 선생님에게 찍힌 친구도 여럿 있었다.

친구들의 행동을 보니 선생님께서 하신 말씀이 옳다고 느껴졌다. 난 점점 친구들과 말을 끊고 일부러 혼자 교실에 가거나 다른 반에 가서 밥을 먹는 등 더 이상 너희들과 친해질 마음이 없다는 감정을 내보였다.

"야 김수진! 너 요즘 왜 그래? 영어 시간 사건 이후로 한 번도 맘에 들었던 적이 없어."

"꼭 내가 네 맘에 들어야 하니? 난 똑바로 행동하고 있어."

"뭐래, 완전 다르거든? 막상 혼나고 나니까 무서워? 아니면 그때 쌤이 불렀을 때 너한테만 뭐라고 한 거야?"

"그래, 그때 선생님이 말씀했어."

유리와 친구들도 내가 피했다는 걸 눈치챘는지 한 날은 그것에 대해 지적을 했다. 난 이미 유리와 친구들과 연을 끊고 싶었던 상황이었기 때문에 정이 없었다. 어떻게 되든 잘될 것 같았다. 이날을 계기로 우린 싸우게 되었고, 그 후로 완전히 아무 말도 안 했다. 물론 난 혼자 다니게 되었다. 반 친구들에게 말도 걸어 봤지만, 이미 인식이 안 좋게 낙인되었는지 아무도 날 좋게 보지 않았다.

점심시간이나 쉬는 시간에 혼자 활동을 하니, 정말 힘들었다. 더군다나 우리 학교는 과목마다 교실이 다른 교과교실제 형태였기 때문에 뭐든 혼자서 행동하게 되었다. 유리는 날 의식 안 하는 척하면서도 날 의식했는지 몇 번 말을 걸어 왔지만, 난 선생님의 말을 생각하며 그냥 쳐 냈다.

이게 맞는 일인가 지금 6년 정도 지났지만 이 일에 대해 곰곰이 생각해 볼 때가 많다. 중학교 2학년 때 새 친구들을 사귀어 성적을 미친 듯이 올리긴 했지만, 아마 내가 계속 유리와 다녔다면, 인문계 커트라인도 못 맞춰서 실업계로 갔을 수도 있었다. 이런 점을 생각한다면 분명 그 당시의 담임선생님이 옳다. 하지만 중학교 1학년 때의 생활은 나에게 지옥과도 같았다. 그때 생각은 지금 나에게 새 학기에 대한 트라우마를 상승시키고 있다.

나에게 옳은 선택은 뭐였을까? 내가 옳은 선택을 했을까?

새 학기. 누군가는 새로운 환경, 새로운 친구를 경험할 수 있기 때문에 즐거울 수 있고, 또 누군가는 어떻게 적응할까 고민하며 괴로워할 수도 있다. 나는 후자였고 평소 내성적인 성격 때문에 주변 사람들에게 말 걸기를 힘들어했기에 새 학기를 정말 싫어했다. 문학 시간에 소설을 쓴다는 말을 듣고, 내성적인 성격으로 생겼던 중학교 새 학기에 있었던 사건을 바탕으로 구성해 보자고 생각했다. 학교생활에 적응하지 못하고 방황했던 이야기는 솔직히 부끄러웠다. 그렇지만 지금 나에게 큰 트라우마로 남아 있는 이 사건을 소설 속에서 이야기하여 누구나 겪을 수 있고 공감할 수 있도록 만들고 싶었다.

학교에서 인간관계가 넓은 친구에게 "넌 항상 친구가 많아서 부럽다"고 했더니 친구는 "난 혼자 있는 걸 좋아하지만, 학교에서 혼자 있으면 부끄러워서 싫은 친구라도 잘해 주려고 노력한다"는 대답을 해서 의외였다. 생각해 보니 나도 집에선 늘 혼자 있는 것이 편하고 좋지만 학교에선 혼자 있는 것이 부끄러워 억지로 친구를 사귀려고 노력한 경우가 있다. 나뿐만 아니라 많은 친구들이 친구가 썩 마음에 들지 않지만, 혼자 있지 않으려고 억지로 같이 다니는 경우도 많이 봤다. 학교란 환경이 혼자 있으면 부끄럽다는 분위기를 만드는 것 같다. 내 글을 통해 혼자 다니는 친구들도 잘 적응할 수 있도록 개선이 되면 좋겠다는 마음도 든다.

내 경험과 생각을 무작정 글로 쓴 적은 많았지만, 그 상황을 소설로 구상하는 것은 처음 해 본 경험이었다. 등장인물을 직접 설정하고 내용을 구성하고 대사를 붙였기에 쓰면서 많은 고민을 했고, 주인공과 내 공통점, 실제 상황과 소설 속 상황의 차이점 들을 고려하며 글을 써 나갔다. 소설은 다른 글과 다르게 재미를 느끼려고 읽는 사람이 많은 만큼 지루하지 않도록 생동감 넘치는 말투를 사용하려고 노력했다.

일기를 자주 쓰는 편인데 내가 느낀 우울한 일에 대해서 기록을 한다. 평소에 조그마한 일이라도 글로 남겨놓으면 스스로 위로가 되고 우울함도 한결 없어진다. 나에게 글쓰기란 위로였던 것 같다. 고등학교에 올라와 많은 글쓰기 활동을 하면서 내 생각을 적고 선생님께 칭찬을 받으니 글을 쓰는 것은 그것만으로도 엄청난 위로가 되었다. 상황을 한 번 더 되돌아보게 만들고, 내 잘못을 알 수 있게 만드는 활동이 바로 글쓰기다. 앞으로도 쭉 나를 되돌아보기 위해서라도 꾸준히 글을 써 나가고 싶다.

… 김승리

 사춘기 시절, 친구가 얼마나 중요한지. 더구나 새 학교의 입학과 새 친구들을 사귀어야 한다는 것이 아이들에게는 얼마나 큰 문제인지 이 소설을 읽으며 새삼 생각했다. 어른들은 성적이 어떻고 꿈이 어떻고 하겠지만 아이들은 나날의 생활을 함께할 친구가 가장 중요하다. "심장이 쿵쾅쿵쾅 떨려 왔다" "심장이 떨리다 못해 녹아 버릴 것 같았다" 이런 표현들은 그냥 예사로운 비유가 아니다. 절실한 경험에서 나온 문장이라는 것을 안다.
 "생명의 은인"이라고까지 생각하는 친구들이 도를 넘은 행동을 수시로 한다. 어떻게 할까. 결국 그 친구들과 관계를 끊는 쪽을 택하고 그들을 차단한다. 그리고 주인공(사실은 승리)은 외톨이가 된다. 2학년에 올라가서 새 친구들을 사귀었지만, 중1 때 혼자 보낸 그 시간이 너무 힘들었나 보다. 이 이야기를 이번 소설 말고 다른 글에서도 쓴 적이 있었다. 그때는 친구 사이를 갈라놓은 선생님께 원망의 마음을 표현했다. 이번 글은 판단 유보다. 그 친구들과 계속 사귀었으면 공부라곤 하지 못했을 거라고, 지금의 학교에 오지도 못했을 거라고 말한다. 무엇이 옳을까. 강제로라도 나쁜 친구 관계를 떼어 놓는 것이 좋을까. 그냥 흘러가는 대로 두는 것이 좋을까. 그런데 가만 들여다보면 선생님이 크게 강제한 것은 없다. 그냥 그 친구들의 실상을 일깨워 준 것뿐이다. 결국 선택은 본인이 했다. 아이들을 좋고 나쁘고 가르는 것이 정당한가 싶기도 하지만, 분명 생활 습관이나 삶의 태도에 문제성을 가진 학생들은 있다. 그리고 근묵자흑. 주변에 어떤 사람이 있는가에 따라서 삶이 달라진다. 어른이 되어서도 그런데 성장기 청소년들이야 말할 것도 없다.

친구 관계의 문제를 잘 드러낸 소설이다. 그런데 그 친구들과 멀어지고 혼자 보냈던 시간의 생활이나 심정이 좀 더 표현이 되었으면 좋았겠다.

… 조향미

평범한 연애

이채영

"뭐라고????????????"

그 말을 듣자 내 주위의 모든 시간이 멈춰버린 것 같았다. 내가 멍한 표정으로 가만히 있자 은지는 다시 한 번 내게 말했다.

"우리 반 반장이 너한테 관심 있다고 했다니까!!!"

오 마이 갓…… 할렐루야……. 내 머릿속에선 베토벤 9번 교향곡 〈환희의 송가〉가 울려 퍼지고, 나는 드디어 17년간의 길고 긴 솔로 생활을 마무리할 수 있다는 희망을 가졌다. 잠시 뒤 정신을 차리고 은지를 와락 껴안으며 속사포로 질문을 했다.

"그래서 너희 반 반장이 누구야? 잘생겼어? 공부는 잘해? 키는? 성격은 어떤데?"

이런 내가 귀찮다는 듯이 "그럼 니가 직접 보든가" 하며 나를 10반으로 데려갔다.

"저기에 앉아 있는 애가 우리 반 반장이야. 이름은 서정후."

"…… 머 저 정도면 잘생기고, 키도 크고, 공부도 잘한다고 하고……. 근데…… 완전 날라리잖아."

위협적으로 엄청나게 큰 키에, 한 대 칠 것 같은 큰 손, 반항 아처럼 생긴 눈매까지 딱 날라리의 모습이었다.

내 머릿속에선 더 이상 〈환희의 송가〉가 울리지 않았고 '쟤가 왜 날 좋아하지? 내가 뭘 잘못했나' 하는 생각이 들며 희망이라곤 찾아볼 수 없게 절망으로 가득 찼다.

곧 서정후가 나에게 관심이 있다고 말한 것을 주위 애들도 알게 되었다. 그러곤 하나같이 서정후와 절대 사귀지 말라며 신신당부를 했다. 여자관계가 복잡하다는 등 성격이 완전 별로라는 둥 하나같이 이런 이유를 대면서. 나 역시 그 애가 나에게 관심이 있다는 사실이 믿기지가 않았고 하필 왜 내가 걸렸는지 어떻게 해야만 하는 건지 앞이 막막했다.

그다음 날부터 나는 서정후라는 아이를 피해서 다니기 시작했다. 걔가 복도 저 끝에서 오고 있으면 자연스럽게 뒤돌아서 가거나 친구와 이야기하며 못 본 척을 했다. 항상 걔가 지나갈까 봐 경계하며 내가 마치 경찰을 피해 다니는 범인 같았다. 오늘 하루도 마주치지 않았다는 안도감에 안심하며 뒤를 돌았는데 '헉 망했다…….' 그 애가 내 뒤에 서 있었다!!! 그동안 내가 했던 것들이 모두 헛수고가 되는 순간이었다.

나는 정말 놀랐지만 최대한 놀라지 않은 척을 하며 자연스럽게 화장실로 가려 했다. 하지만 그 애가 갑자기 나에게 인사를 했다.

"안녕?"

그 순간!!!!!! 아무런 생각도 못 하고 나도 모르게 고개를 숙이며 "안녕하세요"라고 해버렸다. 그제야 상황 판단이 된 나는 화장실로 도망치듯이 달려갔다. 나는 진짜 똥멍청이다. 그다음 날부터 그 애는 나에게 더 더 인사를 하기 시작했고.

"하핫…… 안녕……."

나는 완전 굳어진 채로 어색하게 손을 흔들며 대답을 했다.

오늘도 어김없이 야자를 하러 정독실로 갔다. 야자 시간이 되자 정말 마법처럼 잠이 오면서 공부를 하던 친구들도 하나둘씩 엎드려 자기 시작했다. 나도 거의 반쯤 감긴 눈을 억지로 뜨며 머릿속엔 하나도 들어가지 않는 영어 단어를 외우고 있었다. 오늘은 꼭 공부를 하자는 나의 다짐이 나의 눈꺼풀처럼 와르르 무너지고 있는 순간이었다. 이제는 진짜 한계에 다다라 정신 줄을 놓으려는 찰나 누군가 일어나 정독실 안을 걸어다니는 소리가 들렸다. 저벅저벅…….

나는 별 상관을 하지 않으며 엎드릴 준비를 하고 있었다. 그런데 발자국 소리가 나와 가까워지더니 갑자기 내 얼굴 옆으로 손이 불쑥 튀어 나왔고 누구인지 확인을 하니 그 아이였다. 나는 잠이 확 깨어 정신을 차렸다. 그 아이는 포스트잇을 하나 주고 갔다. 그 포스트잇에는 이렇게 적혀 있었다.

전화번호 좀 적어 줘.

살면서 이런 쪽지를 처음 받아 본 나는 입을 손으로 틀어막고 감격의 소용돌이에서 이리저리 헤매고 있었다. 잠시 뒤 은지가 내 자리로 찾아왔다. 그렇다. 은지는 이미 알고 있었던 것이다.

"당연히 전화번호 줄 꺼지?? 그런 거 다 소문이니까 믿지 마."

조용한 목소리로 은지가 말했다. 내가 모쏠이라서 그런가. 아직 인사도 몇 번 안 해 본 사이고 서로에 대해 아무것도 모르는데 연락처를 교환한다는 것이 조금 불편하게 느껴졌다. 사실 그 애가 왜 나한테 관심 있다고 했는지도 모르겠고, 나는 한참을 고민하다 그래도 '고등학교 들어와서 연애는 한번 해 봐야지' 하는 마음에 나의 소중한 연락처를 줘버렸다.

'들리는 그런 소문들이 사실이라면 그때 바로 헤어지면 되

70

지' 하는 생각으로.

  그날 나는 나의 길다면 길고 짧다면 짧은 17년 인생에서 처음으로 남자와 '썸'이라는 것을 타 봤다. 연락을 하고 학교에서 만나면 이야기도 하면서 나는 그 애가 내가 생각했던 것과는 완전히 다르게 정말 착하다는 것을 알 수 있었다. 그리고 그 소문들도 말 그대로 소문에 불과했다. 나도 모르는 사이 나는 그 애에게 점점 스며들고 있었다. 우리는 학원 가는 방향이 같아서 야자가 끝나면 항상 학원에 같이 걸어갔다. 우리는 함께 걸어가며 이야기를 나누었는데 딱히 불편하고 어색하다는 느낌이 들지 않아서 좋았다. 오늘도 어김없이 함께 학원을 가고 있었다. 거의 헤어지려고 하는 순간 그 애는 나에게 "나랑 사귈래?"라고 말했다.

  어느 정도는 예상을 하고 있었지만 직접 그 말을 들으니 정말 대성통곡을 할 뻔했다. 모쏠인 나를 위해 자원봉사를 해 줄 사람이 드디어 나타난 것이다. 나는 망설임 없이 "그래, 좋아"라고 대답했고.

  "그럼 우리 평범하게 연애를 하자. 막 복잡하고 화려하지 않고 남들이 하는 것처럼. 원래 평범한 게 제일 어려운 거 알지?"

  내 말이 끝나자 정후는 활짝 웃어 주었다. 그렇게 우리는 서로를 보며 환하게 웃었다.

더 이상 나에게 '그 애'가 아닌 '정후'로 바뀌었다. 나는 생전 처음 페이스북에 연애 중이라는 것도 올리며 친구들에게 내가 연애를 하고 있다고 자랑을 했다. 처음으로 남자의 손을 잡아도 보고 같이 길을 걸어가고, 아무 의미 없이 보냈던 짧은 쉬는 시간들이 소중해졌다. 평범한 날에도 연락을 할 수 있는 사람이 생기고, 무언가를 언제나 함께할 수 있는 사람이 생겼다는 것이 이렇게 기분 좋은 일인지 처음 알게 되었다. 드디어 나도 다들 하는 평범한 연애를 하게 된 것이다.

나는 정후와 사귀게 되자 그 애의 전 여자 친구들이 궁금해졌다.

'나를 좋아한다고 했으니 정후의 취향이 예쁘지 않은 여자를 좋아하는 건가? 정말 특이한 취향이네……'

나는 정후에게 직접 물어볼 수 없으니 은지에게 물어봤다.

"정후 전 여친들 사진 좀 보여 줘."

"너 보면 완전 깜짝 놀라……."

"대체 얼마나 못생겼길래 그러는 거야???"

은지는 어이없다는 표정으로 자신의 핸드폰을 보여 줬다.

"사진 잘못 찾은 거 같은데."

부정하고 싶었다.

화면 속 여자들과 나의 공통점이라고는 여자라는 것 딱 그

거 한 가지였다. 프라이팬으로 뒤통수를 한 열 대 정도 풀스윙으로 맞은 기분이었다. 역시 모든 남자들은 예쁜 여자를 좋아했다. 정후의 전 여친들은 나와는 비교도 안 될 정도로 모두 예쁜 얼굴들이었다.

'애는 눈이 왜 이렇게 큰 거야, 얘 얼굴은 왜 이리 하얗고, 얼굴도 예쁘면서 몸매까지 좋은 거야???'

나는 한동안 우울함과 절망 속에서 허덕이고 있었다. 은지는 그런 나의 눈치를 보며 말했다.

"이제는 너처럼 색다른 여자를 사귀고 싶은 거겠지. ^^"

다음 날부터 나는 정후에게 조금이라도 더 예뻐 보이기 위해서 호박에 줄 긋는 심정으로 변장을 했다. 항상 질끈 묶고 다니던 머리도 샤랄라하게 풀어 헤치고, 평소엔 바르지도 않던 미백크림을 발라 얼굴을 백설기처럼 만든 뒤 입술은 생기가 돌게 빠알갛게 발랐다.

'엄청 예뻐졌겠지.'

두근두근 설레는 마음으로 거울 앞에 섰다. 오우…… 비명을 지르려고 하는 나의 입을 간신히 틀어막았다. 거울 속 30대 아줌마는 이리저리 뒤엉킨 머리와, 얼굴과 목에서는 흑백의 대비가 뚜렷하게 나타나 있었고, 입술은 더도 말고 덜도 말고 딱 빨갛다 못해 검붉은 **피색**이었다. 한참을 멍하니 아줌마를 바라보다가 '자연스러운 게 최고지' 하며 당장 화장실로 달려

73

가 내 얼굴 위의 변장을 벗겨 냈다.

변장의 기술도 내숭 연기도 아닌 있는 그대로의 나의 모습을 좋아해 주는 그 애가 좋았다. '이게 과연 사랑이란 걸까?' 하는 의문이 생기게 만들어 주는 그 애가 너무 좋았다.

하지만 나의 마음은 '사랑'이 아닌 '좋아함' 딱 거기까지였던 것 같았다.

어느덧 우리가 사귄 지 한 계절이 지나 여름의 중간에 다다 랐을 때였다. 이번 여름은 유난히도 더운 여름이었다. 여름방학이 다가오자 '정후랑 데이트 어디 가지?' '여름방학에 정후는 뭘 할까?'라는 생각들이 내 머릿속을 가득 채우고 있었다. 막상 여름방학이 되자 너무 더워서 어디에도 나가기 싫고 아무것도 하고 싶지 않았다. 그때까지만 해도 그저 날씨가 너무 더워서 그런 것이라고 생각했다. 하지만 더운 햇빛 속에 녹아내리고 있는 아이스크림처럼 내 마음도 천천히 녹고 있었다. 나조차도 알아채지 못할 속도로 천천히. 나는 집, 학원, 독서실, 집, 학원, 독서실만 주구장창 왕복했다. 그래서 항상 서로의 얼굴을 보기 위해 오는 것은 정후였다. 내색 한번 하지 않고 나를 만나러 와 주는 정후가 너무나 고마웠지만 한편으로는 '나도 과연 그만큼 정후를 좋아하고 있을까?'라는 의문이 들었다. 그 의문은 내 머릿속에서 서서히 커지고 커졌다.

아마 그때부터였을 것이다. 사귄 후 처음으로 이별을 상상해 본 것이.

오늘도 어김없이 학원을 마치고 집에 갈 준비를 했다. 정후가 나를 만나러 온다는 연락이 없었기 때문에 빨리 집에 가서 쉴 수 있겠다는 생각을 했다.

'집 가서 낮잠 좀 자다가 밀린 드라마나 봐야짐. ㅎㅎ'

학원 문을 열고 나가니 저 멀리서 익숙한 뒷모습이 보였다. 설마설마하며 유리창에 비친 얼굴을 보니 역시나 정후였다. 머릿속으로는 나를 만나러 와 준 정후에게 다가가야 한다고 생각했다. 하지만 몸은 어떤 힘에 이끌리듯 전속력으로 반대 방향을 향해 뛰어가고 있었다.

'내가 왜 이러지.'

'다시 돌아가야 하나.'

'혹시 정후가 나를 본 건 아닐까.'

머릿속으로는 온갖 생각이 다 들었다. 한참을 고민한 뒤에 나의 발걸음은 점점 느려지다가 내가 왔던 길을 다시 되돌아가기 시작했다. 더 빠른 속도로. 학원에 도착하니 저 멀리서 터덜터덜 걸어가고 있는 정후가 보였다. 나는 큰 소리로 정후를 불렀고 정후는 나를 보자 환하게 웃으며 나에게로 달려왔다.

"학원 앞에서 기다리고 있었는데 어디 있었어?"

"아…… 학원 늦게 마쳐서 방금 나왔어."

"그랬구나. 우리 더운데 아이스크림 먹으러 갈까?"

"아니."

"그럼 카페 가서 공부할까?"

"아니, 그냥 피곤해서 집 가서 쉬고 싶어."

"많이 피곤해? 그럼 내가 집까지 데려다줄게."

피곤하다는 나의 거짓말에 바보같이 정후는 걱정을 해 주었다. 나는 그런 정후를 차마 바라볼 수 없었다. 내가 일방적으로 말을 하지 않자 정후도 말없이 걸어갔다. 고민 끝에 나는 정후와 잡았던 손을 슬쩍 빼며 입안에서 계속 맴돌던 말을 해버리고야 말았다. 순간의 감정에 휩쓸려서.

"우리 헤어지자."

혼자서 몇십 번, 몇백 번을 상상하던 상황이 현실이 되는 순간이었다.

"너를 많이 안 좋아하는 것 같아."

나는 정후에게 해서는 안 될 말을 해버렸다. 그렇게 나의 첫 번째 연애가 끝이 났다.

정후와 헤어지고 난 뒤 평소 나의 삶으로 돌아왔다. 남자라고는 아빠밖에 없는 그런 삶. 눈에서 멀어지면 마음에서도 멀어진다는 말이 딱 들어맞는 것 같았다. 정말 이래도 되나 싶을

76

정도로 아무렇지 않았다. 내가 그 애를 많이 좋아하지 않았던 건지 아니면 이별에 대해 둔한 건지. 한때 내 머릿속을 지배하고 있던 서정후라는 폴더가 휴지통으로 쏙 들어간 기분이었다. 그렇게 길고 길었던 방학이 끝나가고 개학일이 다가오고 있었다. 나는 기분 전환을 하기 위해 미용실로 가 길게 길렀던 머리를 짧은 단발머리로 잘랐다. 그리고 이별 후유증 따위 전혀 없는 홀가분한 기분으로 학교에 갔다. 학교에 가니 은지가 나에게 달려오며 정후와 왜 헤어졌냐고 물어봤다.

"어쩌다 보니 그렇게 돼버렸어."

나는 우리가 헤어진 이유를 그렇게 대답할 수밖에 없었다.

정후와 헤어지고 며칠 만에 학교에서 처음으로 정후를 봤다. 우연히 정후와 눈이 마주쳤지만 더 이상 서로를 보고 웃어주지도 다가오지도 않는 사이가 되어버렸다. 한참 동안이나 내 머릿속에선 정후의 그 눈빛이 떠나가질 않았다. 수업 시간에도, 쉬는 시간에도 계속.

괜찮다,

괜찮다,

정말 괜찮다고 생각했었다. 하지만 그런 척을 하고 있었다는 사실을 너무 뒤늦게야 깨달았다. 나는 전혀 괜찮지 않았다. 그 찰나의 감정에 휩쓸려 이별을 택한 내가 너무 원망스러웠다. 혼자 집으로 가는 길, 그날 바라본 하늘은 내 마음처럼 파랗게 멍이 들어 있었다.

쿵쾅쿵쾅, 이 미친 심장은 또다시 날뛰기 시작했다.

'제발 좀 가만히 있어라, 부탁이다.'

어느새 소문을 들은 친구들이 내 주위를 점점 에워싸고 있었다. 내 얼굴은 홍조가 올라와 금방이라도 터질 듯 빨개지고, 손은 이미 땀으로 홍수가 나 있었다. 10반 앞에 다다른 나는 긴장을 풀기 위해 몇 번 심호흡을 했다. 그리고 친구들의 환호성을 들으며 문을 열었다. 그 안에는 한때 나에게 너무 익숙했던, 하지만 지금은 그저 모르는 사이가 되어버린 그 애가 있었다. 많이 놀라진 않는 모습을 보니 그 애도 어느 정도 소문을 들은 모양이었다. 창문에서 친구들이 우리를 보려고 웅성웅성거렸지만 정후 앞에 서는 순간 친구들의 목소리는 더 이상 들리지 않고, 들리는 것이라고는 오직 나의 미친 심장 소리밖에 없었다.

쿵쾅쿵쾅.

나는 확실히 알 수 있었다. 지금 내 앞에 서 있는 얼굴은 날라리 같지만 환하게 웃는 얼굴이 예쁘고, 나에게 항상 최선을 다해 주고, 못생긴 나를 그 누구보다도 예쁘다고 해 주는 아이. 그 애를 좋아하고 있었다. 처음 만난 날부터 한순간도 빠지지 않고 쭉. 이제 용기를 내서 내가 깨뜨린 것들을 다시 원래 상태로 되돌려 놔야 했다. 심호흡을 다시 한 뒤 나는 입을 열었다.

"안녕?"

일 년 뒤

"이번엔 내가 이겼으니까 니가 호떡 사."

"니가 반칙했잖아, 지금 장난해??"

'퍽 퍽 퍽.'

"왜 또 때려. 이거 데이트 폭력으로 신고할 거야."

그렇다. 내기에서 항상 져 무효라고 우기는 쪽이 '나'이고 맞고 있는 쪽이 정후이다. 우리가 사귄 지 일 년이나 훌쩍 지났지만 여전히 유치하게 티격태격 싸우고, 화해하고, 웃고, 울고, 연애질을 하고 있다. 몇 번을 돌고 돌아 나는 내가 있어야 할 자리로 돌아왔고, 항상 그 길 끝에는 정후가 서 있었다.

우리의 연애는 운명과 필연 따위 없는 지극히 평범한 연애이다.

아마 당분간 나는 그 평범함에서 헤어 나오질 못할 것 같다.

그것도 아주 오랫동안 말이다.

나는 평소에 글쓰기를 잘하지 못해 학교에서 하는 글쓰기 활동이 싫었다. 아무런 재미도 느끼지 못했고, 하기 싫어 미루다 보니 제출 몇 분 전에 급하게 적기 일쑤였다. 하지만 신기하게도 꾸준히 글을 쓴 경험이 점점 내 글에서 나타나고 있었다. 글쓰기 실력이 향상되니, 더불어 흥미도 생겨났다. '소설 쓰기' 활동은 가장 열심히 하고, 가장 재미있게 한 활동이다.

시작은 굉장히 막막했다. 내 삶에서 소설로 쓸 만한 큰 사건이 없기도 했고, 그동안 썼던 글쓰기와는 많이 달랐기 때문이다. 하지만 선생님의 말씀대로 의미 있는 사건을 정하고 내 경험을 이야기로 풀어내는 식으로 하니 훨씬 쉽게 써 내려갈 수 있었다. '8천 자 서평 쓰기'에서 배운 대로 일단 초안을 작성하고, 큰 사건들을 중심으로 이야기를 이어 나갔다. 수업 시간에 배운 〈그렇습니까? 기린입니다〉는 작가만의 통통 튀는 문장과 창의적인 이야기로 인상 깊은 소설이었다. 그래서 나도 나만의 개성이 담긴 문장과 이야기를 쓰기 위해 노력했다. 이번 활동은 학교 과제라는 인식보다는 온전히 글쓰기에 대한 즐거움으로 가득 찼다. 기억을 더듬다 보니 순간순간 그때의 기억이 떠올라 혼자서 피식 웃곤 했고, 가장 순수했던 시절의 나를 되돌아볼 수 있었다. 평범한 글쓰기 수업에서는 할 수 없는 정말 색다르고 좋은 경험이었다. 정말 내 삶에 꼭 필요한 국어를 배운 것 같다.

… 이채영

처음 작품을 읽을 때 살짝 흥분이 되었다. 처음 써 보는 소설. 과연 어떻게 써낼까 싶었는데 이렇게 상큼한 연애소설이라니. 첫사랑을 시작하는 화자의 감격과 설렘, 갈등과 긴장이 생생했다. 생생한 심리 묘사, 톡톡 튀는 문장, 긴장과 갈등을 엮고 풀어가는 이야기 전개 솜씨. 채영이를 다시 봤다. 이렇게 글을 쓰는 아이였나. 야무지고 유쾌한 학생이었지만 얘가 쓴 글에 주목한 적은 별로 없었다. 그런데 이런 멋진 소설을 썼다.

다짜고짜 대화로 시작하는 첫 문장이 좋았다. 그리고 "베토벤 9번 교향곡 〈환희의 송가〉가 울려 퍼지고"로 이어지는 기쁨이 생생한 문장들. '평범한' 연애가 시작되기 전의 망설임, '밀당' 과정도 웃음이 나오면서 아이들이 이렇게 연애를 하는구나 싶었다. 첫 고백을 듣고 "정말 대성통곡을 할 뻔했다. 모쏠인 나를 위해 자원봉사를 해 줄 사람이 드디어 나타난 것이다"라고 쓴 것이나, 헤어진 뒤에 "하늘은 내 마음처럼 파랗게 멍이 들어 있었다"라고 쓴 문장도 얼마나 재치 있고 절실한지. 그동안 우리가 했던 문학 공부가 이처럼 일상의 문장에서 드러나는 것 같아 뿌듯했다.

문학을 전공하려는 학생, 문예 창작을 본격적으로 하는 학생들의 소설도 제법 읽었고, 나름의 깊이와 울림도 가지고 있지만, 그냥 평범한 고등학생들이 문학 수업의 일환으로 소설을 쓰는 일의 가치를 새로 느꼈다. 무엇보다 아이들의 삶이 잘 드러나서 제일 좋았다. 그들과 함께 지내도 아이들의 삶과 생각을 속속들이 알기는 쉽지 않다. 그런데 삶을 재현한 소설을 통해 그들의 문화가 생생히 드러나서 청소년의 세계를 잘 이해할 수 있었다. 자신의 관점에서 자기 마음을 중심으로 쓴 수필보다, 인물과 사건과 갈등을 포함하여 상황을 그대로 드러낸 소설이 훨씬 재미있고 생생했다. 소설 쓰기를 시도하기 잘했다고 자부하게 한 작품이었다.

한 번 만에 이렇게 완성된 것은 아니다. 처음 써 왔던 글은 첫 번째 연애가 시작된 이야기까지만 썼다. 결말이 뭔가 허전하다, 이야기했더니 이별과 그 뒤에 재회까지 넣어 왔다. 훨씬 재미도 있고 변화감과 총체성을 가진 소설이 되었다. 한발 내딛으면 그 뒤론 성큼성큼 걸어가는 것이 아이들이다.

… 조향미

전학생

윤성준

그날은 유난히 느낌이 좋았다. 아니, 뭔가 좀 달랐다. 눈을 뜨자마자 아프던 배는 배가 아픈 게 무슨 느낌이었는지 기억이 나지 않을 정도로 멀쩡했고, 다 먹기 힘들던 아침밥은 물 마시듯 넘어갔다. 항상 까치집처럼 뜨던 머리는 웬일인지 차분하게 빗어지는 느낌이었다.

'오늘은 뭔가 되는 날인가 보다.'

아침부터 들뜬 기분으로 대문 밖을 나서 항상 오르던 산길을 올랐다. 학교로 가는 가장 빠른 길이다. 버스를 타려면 10분은 더 걸어야 하지만 산길을 타면 5분이면 학교로 갈 수 있다. 힘들긴 해도 '조금이라도 늦게 일어날 수 있는 게 어디야'라는 단순한 생각으로 아침마다 덜 깬 몸을 이끌고 등산길에 올랐다.

산을 오르다 보면 나와 같은 생각인지는 몰라도 교복을 입은 등산객들을 자주 볼 수 있었다. 항상 보이는 사람들이라 뒷모습만 봐도 누가 누군지 알 수 있을 정도로 이 등굣길은 너무나도 내겐 익숙했다. 그런데 계단을 올라 산을 올라가는 순간, 난 내 눈을 의심할 수밖에 없었다. 저만치 산중턱을 걸어가는 모습은 여자, 여학생의 모습이었다. 불편한 치마 속에 체육복을 입은 이상한 차림새로 산을 오르고 있었다. 체육복 색깔을 보니 우리 학년인데, 뒷모습을 아무리 보아도 누군지 알 수가 없었다. 우리 학년에 산을 타고 등교하던 여자가 있었던가? 아니, 없다. 없었다. 내 기억 속엔 분명히 없었다. 너가 누구인지 꼭 알아내리라, 하는 생각으로 뒤를 쫓았다. 학교에 도착한 그 애는 교실이 아니라 교무실로 들어갔다.

'뭐지, 전학생인가?'

그렇게 생각하니 딱 맞아떨어졌다. 당연히 모를 수밖에 없었다. 그러고 보니 저번 주에 전학생이 온다는 소문을 들었던 것 같은데 사실이었나 보다.

뒷문을 열고 들어선 교실은 언제나 그렇듯 시끌벅적했지만 오늘은 한 가지 주제가 있었다. 전학생이었다. 대충 들어 보니 몇 반에 갈지, 남잔지 여잔지, 전학생이라는 주제 자체만으로 우리 반은 한껏 들떠 있었다.

"여자던데?"

남자애들 무리에 끼여 이야기에 끼어들었다.

"봤냐?"

"아침에 교무실 들어가더라. 근데 걔 산 타고 오던데 운동하는 앤가?"

"얼굴은? 이쁘더냐?"

관심사는 역시 얼굴이다. 얼굴을 못 본 게 조금 아쉽긴 했다.

"아니, 얼굴은 못 봤어. 근데 뒷모습은 괜찮아 보이던데."

"와, 혁영이 드디어 연애하는 거냐?"

태성이는 가만있던 혁영이를 건들며 평소처럼 장난질로 하루를 시작하는 듯했다.

"닥쳐 병신아."

혁영이의 말이 끝나기 무섭게 앞문이 열리며 담임선생님이 들어오셨다.

"제발 애들 공부하는 것 좀 방해하지 말고 안 할 꺼면 혼자 하지 마, 좀."

아침부터 속이 타시는가 보다, 라는 생각으로 쳐다본 선생님의 뒤에는 누군가 서 있었다.

"알고 있었지? 전학생이다. 우리 반으로 오게 됐으니까 잘해 줘. 모르는 거 있다면 알려 주고."

처음으로 본 그 애의 모습은 기가 참 쎄 보였다. 공부랑은 멀어 보이는, 잘 놀 것 같은 그런 모습이었다. 그렇게 인상에 남는 그런 얼굴은 아니었다.

"…… 안녕하세요. 저는 과중고등학교에서 전학 오게 된 곽유나라고 합니다. 잘 부탁드립니다."

자신에게 몰린 눈빛들이 익숙지 않은 듯한 표정과 어색한 존댓말로 첫인사를 건넨 그녀였다.

"그래. 소개는 그쯤하면 됐다. 지내면서 차차 알아가는 거니까. 자리는, 어 그래. 저기 윤성이 옆에 앉으면 되겠네."

이럴 줄 알았다. 맨 뒷자리에서 인원수 부족으로 짝 없이 혼자 앉는, 그런 꿈 같은 자리였는데 결국 일주일 만에 짝이 생겨버렸다. 보통 전학생이 옆자리라고 하면 실망감보다는 설레임이 가득할 것이다. 그것도 여학생이라니 영화나 소설의 주인공이 된 것마냥 기뻐하는 사람도 있을 법하다. 하지만 그리 기쁘진 않았다. 옆 책상을 창고처럼 사용할 수 있는, 나만의 특권이 사라져버린 것이다. 말없이 옆자리로 온 전학생은 나와 눈을 한 번 마주치고는 조용히 가방을 걸고 자리에 앉았다. 그 후로 조례가 끝날 때까지 그녀는 내게 눈길 한 번 주지 않았다.

쉬는 시간이 되자 그녀 주변엔 여자애들이 조금씩 모이기 시작했다. 어디서 사는지, 왜 전학을 왔는지, 이것저것 물어보는 여자애들의 질문을 관심 없는 척 흘려듣고 있었다. 듣자 하니 우리 집 근처 주택가에 이사 온 것 같았다. 산을 타고 올 만

87

한 거리였다.

"조윤성, 설마 처음 온 애한테도 욕하고 때리고 그러는 건
아니지?"

주현이가 아무 말도 없던 나에게 물었다.

"아니 시발. 내가 언제 니네를 때리고 욕했다고 그런 질문을
하는 거야."

"이거 봐, 또 욕하잖아. 그리고 너 내 짝이었을 때 맨날 나 때
렸잖아."

"난 맞을 짓 하는 애들만 때린다."

정말이다. 난 맞을 짓 하는 애들만 때린다. 욕은 습관이 되어
버려 나도 모르게 나오는 추임새가 되어버렸다. 왜 저런 소문
이 난 건지는 도무지 알 수가 없었다.

"봐, 또 욕하잖아. 넌 글렀어."

주현이의 말에 자리에 앉아 이야기를 듣던 전학생의 입가에
웃음이 번졌다.

"웃기냐?"

나도 모르게 습관처럼 딴지를 걸어버렸다. 아무리 그래도
처음 보는데 이건 좀 아니었던 것 같다.

"그럼 안 웃겨 병신아?"

그녀가 오늘 처음 나를 보고 건넨 말은 인사가 아니라 욕이
었다. 순식간에 우리 반은 웃음이 터져버렸다.

"어…… 미안. 웃어."

상상치도 못한 반응에 평소라면 욕설로 되받아쳤겠지만 당황한 난 욕은커녕 사과를 하고 있었다.

"야, 웬일로 니가 사과를 하냐. 전학생이라고 봐주냐?"

웃음을 참지 못하고 터졌던 주현이가 의아하단 표정으로 내게 물었다.

"몰라 병신아."

더 이상 여기 못 있겠다는 생각으로 뒷문을 나와 화장실로 향했다. 뒤따라 나온 태성이가 웃으며 말했다.

"와, 저거 쎄다 쎄. 윤성이 천적 등장이냐?"

"뭐라는 거야……. 쟤랑 친해지긴 글렀네."

"내가 볼 때도 그런 것 같다."

태성이는 웃음기 섞인 표정으로 답했다. 첫날부터 욕설로 인사한 사이. 별로 친해지고 싶지도 않았지만 뭔가 내가 손해 본 기분이었다.

수업 종소리에 들어온 반은 조금은 가라앉은 분위기였다. 전학생은 시간표를 보며 책을 챙기고 있었다. 조용히 옆자리로 가 앉아 책을 꺼내던 나는 아침에 그녀가 산을 타던 모습이 떠올랐다.

"너 혹시 아침에 산 타고 학교 오지 않았냐."

"어? 어떻게 알았어?"

말이 끝나기 무섭게 그녀는 깜짝 놀라 두 손으로 입을 가리며 말했다.

"아침에 봤지. 나도 산 타고 학교 오거든. 니 뒤에 가고 있었어."

"헐. 그럼 그 길을 매일 오는 거야? 진짜 숨차 죽을 뻔했는데 대단하네."

"매일 타도 매일 죽을 것 같은 건 똑같더라. 근데 그 길은 어떻게 알고 올라왔냐?"

"고모가 이 동네 사시는데 그 길이 제일 빠르다길래 한번 올라가 봤지. 이제 매일 난 죽겠구나."

그렇게 말하며 웃는 그녀의 얼굴을 보며 나도 모르게 입가에 웃음이 번졌다. 이렇게 보니 웃을 때 좀 이쁜 것 같았다.

"자주 보겠네. 가다 쓰러지면 길옆에 치워 두고 갈게."

"미친 새끼 아냐."

빵 터진 그녀의 웃음 섞인 욕을 들으며 친해지면 되게 재밌을 것 같다는 생각이 들었다.

수업 시간, 그녀의 모습은 겉보기와 다르게 열정적이었다. 수업 시간에 한 번도 자 본 적이 없다는 그녀는 선생님의 필기를 놓치지 않고 빼곡히 책에 옮겨 적었다.

"수업 시간에 자는 건 예의 없는 짓이야. 그러니까 그만 좀

자, 병신아."

4교시 수업을 듣던 그녀는 엄한 선생님이 들어오는 2교시를 제외한 나머지 시간을 모두 자던 날 이내 깨우며 말했다.

"진짜 이번 시간만 자면 나머진 다 깨 있을 자신 있으니까 이번 시간만 잔다."

내 말이 끝나기 무섭게 그녀는 웃음기 뺀 얼굴로 정색하며 날 말없이 쳐다보았다. 왠지 모르겠지만 그녀의 정색한 표정을 보자마자 나도 모르게 엎드렸던 몸을 펴고 칠판을 응시했다.

"미안. 이제 안 잘게."

이상했다. 그 애가 쳐다보자 대꾸해야겠다는 생각은 온데간데없어지고 왠지 마지막 경고인 것 같았다.

'한 번 더 자면 죽여버린다.'

그렇게 오랜만에 7교시까지 멀쩡한 정신으로 수업을 들었다. 내가 그 애의 말 한마디에 이렇게 잠을 안 자고 버텼다는 것이 뭔가 자존심 상하는 것 같기도 하고 이상하다는 생각이 가득했다.

"안 자니까 얼마나 좋아. 쌤들한테 지적도 안 당하고, 맞지?"

종례를 기다리며 맥없이 앉아 있던 나에게 그녀가 말했다.

"……."

답하기 싫었다. 왠지 진 것 같은 기분이 들 것 같았다.

"야! 대답 안 해?"

또 그 표정이었다. 웃음기 빠진, 정색하는 그 얼굴. 대답 안 하면 진짜 죽을 수도 있겠다, 라는 생각이 들어 재빠르게 대답했다.

"어어…… 너무 좋은 것 같네."

"그치? 앞으로 졸지 마."

순식간에 다시 웃음 가득한 얼굴로 내게 말하는 순간 그녀의 얼굴은 정말. 너무나도 예뻐 보였다. 아름다웠다. 그녀는 종례 후에 담임을 따라 교무실로 갔다.

도서관을 가기 위해 태성이와 같이 내려오는 산길에서 오늘 있었던 일들과 함께 슬쩍 그 애 얘기를 꺼내 보았다.

"오늘 전학생이랑 얘기하는데 웃을 때 진짜 예쁘더라. 저런 입 거칠고 성깔 있는 애가 왜 예뻐 보이는 거냐? 미친 건가?"

내 얘기를 말없이 듣던 태성이는 조용히 멈춰 섰다.

"맞네, 미친 거. 사람마다 보는 눈은 다르지만 난 진짜 아니라고 본다. 정신 차리자."

"그치? 눈이 잘 안 보였나 보다. 못 들은 걸로 하고 넘어가자."

도서관에서 공부를 하면서도 머릿속에 절반은 전학생 생각이 가득했다.

지금껏 본 적 없는, 웃는 모습이 너무나도 아름다웠던 그녀의 모습이 머릿속에서 떠나가질 않았다. 결국 손에 잡히지 않는 공부를 정리하고 집으로 돌아오면서 켜 본 휴대폰에서 반톡에 초대되어 있는 전학생의 프로필 사진을 볼 수 있었다. 사진 속 그녀는 두 손을 모으고 환하게 웃는 모습이었다.

'역시 내가 잘못 본 걸까. 이렇게 보면 또 별로 예쁜 것 같지도 않은데…….'

그녀의 웃는 모습에서 보았던 아름다움은 사진으로는 도저히 느껴지지 않았다. 내가 잘못 봤겠지. 내일 다시 보자. 그런 생각으로 잠에 들었다.

학교로 가는 길에 내심 그녀가 있지 않을까 기대했지만 먼저 간 건지 그녀의 모습은 보이지 않았다. 산을 거의 다 올라왔을 때쯤 뒤를 보니, 전학생이 이제야 산을 막 올라오기 시작하는 모습이 보였다. 시계를 보니 7시 45분이었다.

'이 시간에 오는구나. 조금 늦게 나와야 만날 수 있겠네.'

관심 없는 척하고 싶었지만 속으로는 그녀와 함께 있고 싶었다. 학교로 먼저 들어가 가방을 정리하고 있으니 그녀가 뒷문을 열고 들어왔다.

그녀는 가방을 책상 위에 던져두고 헝클어진 머리를 정리하며 내게 물었다.

"오늘도 산 타고 온 거야?"

고개를 끄덕이자 몇 시쯤에 산을 타냐고 물어 왔다.

"7시 40분? 그쯤에 나오지."

"엥. 근데 왜 못 본 거지? 45분쯤에 나갔는데 벌써 도착했을 땐가."

차마 같이 가자는 말은 도저히 꺼낼 수가 없었다. 내심 그녀가 먼저 같이 가자고 말을 꺼낼 줄 알았지만 그녀 역시 그런 말은 꺼내지 않았다.

수업 시간, 조용히 수업을 들으며 필기를 하는 그녀의 얼굴로 계속해서 눈이 돌아갔다.

어쩌다 눈이라도 한 번 마주치면 "오늘은 안 자네? 웬일이야"라며 졸지 않고 수업을 듣는 내가 신기한지 웃으며 묻는 그녀였다.

그 모습이 너무나 예뻐 보이는 건 내 눈이 이상한 것이 아니다.

적어도 내 눈에 그녀는, 유나는 웃는 모습이 아름다운, 너무나도 예쁜 그런 여자였다.

시험 기간이 되자 그녀는 도서관에 오기 시작했다.

매일 도서관을 가던 나로서는 더욱이 너무나도 잘된 일이 아닐 수가 없었다.

94

자리를 잡아 달라는 그녀의 연락을 받을 수도 있었고, 자리를 잡아 달라고 그녀에게 먼저 연락할 수도 있었으며, 이것저것 모르는 것들을 물어보는 그녀와 둘이서 이야기할 수 있는 좋은 기회였다.

　　그럴수록 내 행동에는 티가 났던 것 같다.

　　태성이와 함께 밥을 먹던 중 태성이가 내게 물었다.

　　"너 곽유나 좋아하지?"

　　너무 뜬금없이 던진 그의 말에 당황스럽긴 했지만 애써 둘러대며 답했다.

　　"뭔 말도 안 되는 소리야 갑자기? 미쳤냐."

　　어떻게 알았을까. 태성이가 눈치가 그렇게 빨랐던가?

　　"너 진짜 티 많이 나. 알 만한 애들은 다 알걸?"

　　"애들이 다 안다고? 그렇게 내가 티가 많이 나냐?"

　　당황스러웠다. 요새 부쩍 같이 있는 시간이 많아진 것 같았는데 그것 때문이었던 걸까.

　　"그럴 줄 알았지. 티 엄청 나지. 걔한테만 욕도 안 하고, 친절하고 착하게 대해 주는데 모를 리가 있겠냐."

　　생각해 보면 그랬던 것 같다. 그녀에겐 욕을 할 수도 없었고, 불친절하게 대한다는 것은 도저히 할 수 없는 행동이었다.

　　그렇다면 그녀도 이미 알고 있는 게 아닐까? 문득 생각났다.

　　그녀는 분명 자신이 눈치가 빠르다며 내게 자랑했었다.

그렇다면 그녀도 이미 내가 자신을 좋아한다는 것을 알고 있는 게 아닐까?

내가 자신을 좋아하는 것을 알면서도 그렇게 편하게 친구처럼 대할 수 있는 건가?

궁금증을 참을 수가 없었다. 알고 있다면 분명 이건 나를 가지고 노는 것이 분명할 것이다.

주말이라 아침 일찍 도착한 도서관엔 역시 그녀도 있었다. 정말 내가 자길 좋아하는 것을 알고 있을까 묻고 싶은 마음은 굴뚝같았지만, 차마 물을 용기가 생기지 않았다.

그녀는 평소와 다름없는 모습으로 나를 향해 웃어 주었으며 모르는 것들을 이것저것 물어보았다. 내게 문제를 물어보며 학습지에 열중하는 그녀의 모습은 길게 늘어뜨린 머리를 묶어서 그런지 평소보다 훨씬 예뻐 보였다.

왜일까. 왠지 지금이 아니면 기회가 없을 것 같다는 느낌이 들었다.

"뭐 하나 물어봐도 돼?"

"뭔데?"

그녀는 궁금증에 찬 얼굴로 두 눈을 크게 뜬 채 나를 바라보았다.

"내가 너 좋아하는 거 너도 알지?"

말해버렸다. 몰랐다고 하면 어떡하지? 이것도 고백인가?

"응, 알지."

그녀는 놀라는 기색 하나 없이 너무나 당연하다는 듯이 말했다. 그녀의 반응에 오히려 내가 당황스러웠다.

"언제부터 알았어?"

"네가 생각하는 것보다 훨씬 일찍?"

뭐라는 거야, 그럼 언제란 거지? 그럼 그걸 알면서도 나한테 이렇게 편하게 대할 수 있다는 건가? 여러 가지 생각이 들었지만 머릿속에서 정리가 되질 않았다. 이참에 그냥 다 물어보자.

"그럼, 넌 나 어떻게 생각하는 거야."

뭐라고 답할까. 뭐라고 답하든 나는 무슨 반응을 보여야 하는 걸까.

"지금 내가 하는 행동. 그게 다야."

지금 하는 행동? 무슨 의미지? 지금 하는 행동은 그냥 조금 친한 친구 아닌가. 마음이 있다는 건가 없다는 건가. 확실하게 묻고 싶었다.

"어떻다는 거야. 그게 무슨 뜻이야."

"그럼 어색하게 대할까? 그럴 순 없잖아. 그치?"

이 말 하나로 우리 관계는 정리되는 것 같았다. 어색해지고 싶지 않은, 그저 친한 친구로 지내고 싶다는 뜻인 거다. 마음이 무너지는 것 같은 느낌이었다.

생각해 보면 딱히 그녀가 나에게만 특별히 잘해 준다거나 그런 마음이 있어 보이는 행동을 하는 것도 아니었다. 그녀는 시원시원한 성격 때문인지 남자애들과도 쉽게 친해졌고 누구에게나 나를 대하는 모습으로 지내 왔을 것이다. 나만 특별한 것이 아니었을 것이다.

"더 물어볼 건 없지? 난 공부하러 다시 간다. 어색해지는 건 아니지, 우리?"

조용히 고개를 끄덕이자 그녀는 웃으며 사라졌다.

이제 나는 어쩌면 좋을까. 정말 오랜만에 빠져 본 사랑이었던 것 같은데. 순식간에 모든 것이 끝나버린 것 같았다.

어떻게 다시 친구로 지낼 수 있을까. 그녀를 보기만 해도 심장이 뛰는 것 같은데, 나는 이제 어쩌면 좋은 걸까.

그녀를 머릿속에서 지우고 싶었다. 아예 없어졌으면 좋겠다는 생각이 가득 찼다.

나는 그녀를 지울 수 있을까. 무덤덤하게 친구로서 그녀를 대할 수 있을까.

아마 나는 그러지 못할 것 같다.

소설을 쓴다고 했을 때 어떤 글을 써야 할지, 또 어떻게 이야기를 써 내려갈지 막막하기만 했다. 소설책을 읽어 보기만 했지 직접 소설을 쓰는 건 한 번도 경험하지 못한 일이었다. 이야기를 허구로 지어내는 것보다 자신의 이야기를 쓰는 것이 쉽다고 선생님이 말씀하셔서 내 이야기와 허구를 조금 섞어서 쓰기로 했다. 막상 시작이 어려웠지, 써 내려가다 보니 어디에서도 쉽게 얘기할 수 없는 내 마음속 이야기들이 줄줄이 나왔다. 소설을 쓰면서 그 당시의 내 감정이나 생각들을 다시금 느껴 볼 수 있었으며 그땐 미처 생각하지 못했던 것들이 떠올라 후회되기도 하였다. 차마 부끄러워서 친구들에게도 얘기할 수 없는 일들이나 행동들도 소설에선 쉽게 쓸 수 있었고, 허구의 일들을 더해 나갈 땐 상상력을 최대한 끌어내어 소설의 완성도를 높이기 위해 노력했다.

요즘 내 또래 학생들은 소설책을 많이 읽지 않는 것 같다. 책이 조금만 두꺼워도 읽기를 꺼려하며, 책을 읽을 시간이 없다는 핑계로 읽지 않는다. 그런 점에서 소설 쓰기 활동은 좋은 의미를 가지는 것 같다. 읽지도 않는 소설을 쓴다는 것이 처음엔 두렵고 힘들지 모르지만,

일단 쓰기 시작하면 자신의 마음속에 담아 왔던 이야기들이나, 상상력을 발휘하며 이야기를 만드는 재미에 빠져 멈출 수가 없을 것이다.

··· 윤성준

두 강적이 맞붙었다. 욕쟁이 남학생에 더 센 여자 전학생. 또렷한 인물의 개성, 톡톡 점프하는 대화가 재밌다. 이야기를 끌어가는 솜씨도 꽤 뛰어나다. 욕설을 툭툭 내뱉던 터프한 남학생이 전학생에게 호기심을 갖게된다. 필연적으로 전학생은 짝이 되고, 남학생은 짝이점점 예뻐 보인다. 잠만 자던 수업 시간에 자지도 않는다. 여학생은 자기처럼 껄렁한가 했더니 공부를 아주 열심히 하고, 수업 시간에 자는 것은 "예의 없는 짓"이라는것을 아는 훌륭한 학생이다(이 대목을 읽으면서 약간 감동했다. 이렇게 생각해 주는 학생이 있구나. 아, 이 글을 쓴 녀석은 농땡이 남학생이니 그 녀석도 그걸 알기는 아는구나).

남학생의 마음이 조금씩 여학생에게 기울고, 여학생도 친절하게 대해 주고, 곧 썸씽이 일어날 것 같다. 그런데 뭔가 핀트가 안 맞는다고 느낀 남학생이 직접 마음을 표현해 보이는데, 여학생은 담담한 친구 관계를 말한다. 아……. 남학생은 혼란스럽고 "아예 없어졌으면 좋겠다"고까지 생각하지만, 어쩔 것인가.

결말이 허전하게 끝났다. 실제로 이렇게 봄날 아지랑이처럼 잠시 피어올랐던 짝사랑의 경험을 다룬 것이니 더 할 이야기도 없겠다. 실망한 남학생이 그 뒤 어떻게 마음을 추스르고 여자사람 친구와 편안한 관계를 이어 갔는지를 더 쓰는 것이 나았을까? 아니, 그냥 이대로 아쉽게 허전하게 끝내는 것이 맞겠다는 생각도 든다.

이 글을 쓴 학생은 '장편소설 긴 서평 쓰기'와 '소설 창작 활동'에서 새로 보게 된 학생이다. 그전에는 아마도 이 소설에 나오는 욕설을 내뱉고 수업 시간에 졸기나 하는 친구였는지……. 그런데 서평 쓰기를 할 때 평소에 소설을 즐겨 읽는다는 것을 알았다(성준이는 히가시노 게이고 마니아다). 긴 글을 조리 있게 잘 쓰고 문장도 반듯했다. 농땡이로만 알았는데, 새로운 발견의 기쁨을 준 아이. 책을 많이 읽으면 기본적인 글쓰기 실력은 쌓이는구나, 새삼 느꼈다. 국어 선생에게 희망을 주는 아이였다.

… 조향미

전염병

김혜인

문자가 전송되었습니다.

후…… 드디어 보냈다.

죄책감 따위는 들지 않았다. 오히려 후련했다. 그 아이랑 나와는 이제 끝인 것이다. 끝…… 정말 끝인 건가? 믿기 싫다기보단 잘 믿기지가 않는다. 혹시 이것이 거짓인가 싶어 베개에 푹 파묻은 고개를 들고 낡은 휴대폰의 윗부분을 바라봤다. 여전히 떠 있는 문자 목록, 그 맨 위의 수신인, 그리고 문자 내용. 확실했다.

나 너랑 친구 아닌데?

그 아이와 나는 끝이다. 끝! 더 이상 그 아이, 아람이도 문자를 보내지 않는다. 나는 곧장 수백 통이 넘어가는 아람이와의 문자 기록들을 삭제했다. 삭제 버튼을 누르는 내 손가락은 가벼워야 할 듯했다. 그래서 가볍다고 암시했고, 손가락은, 가벼워졌다. 몇 분이 지나도 꺼지지 않던 휴대폰 액정은 어느샌가 꺼지고 세상 모든 빛 또한 그 휴대폰 액정처럼, 점멸했다.

＊　＊　＊

"일어나, 일어나! 일어나, 일어나!"

친구의 목소리가 녹음된 알람 소리는 지겨울 정도다. 처음에 다 같이 친구들과 맞출 때는 기뻤지만, 뭐 지금은.

부스스한 머리는 정돈하지 않고선 무거운 몸을 일으켰다. 화장실로 가기 전 항상 그래 왔듯 충전해 두었던 휴대폰을 먼저 챙겨 들었다. 폴더를 여니 몇 통의 문자가 쌓여 있었다. 그리고 별다른 문자가 없음을 확인하곤 터덜거리며 화장실로 들어갔다. 남은 시간은 37분, 충분할 터다.

충분하단 말 취소. 엄청 뛰었다. 간신히 헉헉대며 들어온 교실은 아직도 웅성거림이 멎지 않았다. 그 속에서 들려오는 인사는 잘 잡아서 돌려준다. 참 평이한 인사다.

"하이 –"
안녕.
"왔음?"
어.

인사 임무를 끝내고 돌아온 내 자리에 가방을 내려놓고선 자연스레 그곳을 바라봤다. 내 책상의 앞쪽에서 운동장 쪽으로 두 칸 옆. 그곳은 아람이의 자리다. 열 중에서도 중간 쪽에 있어 그리 구석져 보이는 자리도 아니지만 유달리 그곳은 동떨어져 보인다. 지금 이 떠들썩하고 침 튀기는 세상과는 다른 곳. 인공적으로 만들어진 섬같이 바닥에 붙이지도 못하고 바다 위를 정처 없이 떠다니는 그런 곳에서 아람이는 혼자 서 있다. 침이 바싹 말라 왔다. 아무렇지 않은데, 그럴 터인데, 왜 나는 저 모습이 보기 힘들다고 느끼는 걸까. 이제 와서 미안하기라도 한 걸까?

"야, 뭐 해?"
"어?"

가은이다. 내 머릿속에선 대답을 준비하지 못하고 어벙한 소리만을 내뱉기를 명령한다. 아람이를 보던 게 보였나? 오해하면 안 되는데. 이런 생각들이 나오고 있는 내 멍한 모습에 가은이는 뭐 하냐며 자연스레 웃는다. 그러더니 손을 펼쳐 귀에 가져다 대는 모양새를 하며 나에게 다가왔다. 그 모습이 슬로모션으로 재생한 듯 느리게만 보였다. 귀에 대고 하는 귓속말 제스처임을 알아챈 것은 작은 속삭임이 들려왔을 때였다.

"그…… 걔한테 확실히 말했지?"

'걔'가 아람이임을 알았고 목적어가 없는 문장에서 목적어를 확실히 알 수 있었다. 아람이와의 단절을 확실히 했냐. 이것을 묻는 말은, 자신은 아니라는 척 뒤로 빼는 비겁한 포장지에 싸여 내게 내밀어졌다. 예전엔 나만큼은 아니지만 아람이와 친했던 애였다. 그때는 아람이를 개가 아니라 아라밍이라고 부르며 따라다녔다. 이제 와선 쓸데없다. 나는 가은이에게 확실히 말했음을 피력했다. 그래, '걔'랑 나랑은 이제 아무 관계도 아냐.

가은이는 그것이 용건이었는지 대답을 듣자 알겠다며 돌아섰다. 제 친구들을 향해 달려가는 뒷모습에 머리가 어지러웠다. 조금, 역겨웠다. 나는 그 모습을 뒤로한 채 나무 냄새가 나는 낡은 책상에 얼굴을 묻었다. 1교시는 수학이었다.

✦   ✦   ✦

나는 그 문자를 끝으로 아람이와 일절 말을 섞지 않았다. 심지어 아람이의 존재 자체를 자각 못 하고 있었다. 가끔 혼자 이동하는 아람이를 볼 때는 자각하게 되지만 곧 옆에서 걸어오는 친구의 목소리에 묻혀버린다. 그러다 내가 아람이의 존재를 완전히 자각하게 된 것은 일주일 전 5교시의 영어 시간 때였다.

여긴 뭘까. 아람이와 내가 있었다. 제3자가 바라보는 느낌이라 이것이 꿈임을 자각했다. 하지만 꿈임을 알아도 깨지 않았다. 나는 그것에 의문을 가지지 않았다. 그저 풍경만을 뚫어져라 쳐다볼 뿐이었다. 이때는 아마 초등학교 때일 것이다. 아람이는 학교에 방과 후를 하러 가고 나는 아람이를 기다렸다. 아람이는 그동안 자신의 집에서 컴퓨터 게임을 하라며 집 열쇠를 주곤 했다. 집 열쇠는 리코더를 사면 나오는 검은 끈에 달린 목걸이 모양이었는데, 내가 그 열쇠를 받을 때면 아람이의 옷 안에서 데워져 따끈했다. 지금 보이는 풍경이 그때와 똑같다.

106

장소는 아람이네 아파트 동과 그 아래 동을 연결하는 계단이다. 그곳에서 아람이는 전과 같이 열쇠를 '나'에게 건넨다. 나는 아람이의 집을 찾으려고 하는지 이리저리 돌아다닌다. 뛰기도 하고 걷기도 하고. 하지만 결국 아람이의 집을 찾지 못한다. 답답해서 알려 주려고 하려다 깨달았다. 나도 모르는 것을.

이를 깨닫자 꿈에서 깨어났다. 나는 수업 시간에 잤다는 것을 신경 쓰기보다는 아람이를 신경 썼다. 잠깐 꾼 꿈 중에선 내 평생 처음으로 또렷이 기억에 남는 꿈이다. 나는 선명한 꿈에 현실과 꿈을 구분하기가 힘들었다. 그래서 내가 이 자리에 앉아 있는 것조차 꿈인가 싶어 아람이의 자리를 바라봤다. 그 자리엔, 아무도 없었다.

이 현실이 꿈이라고 확신했다. 꿈이다. 꿈일 것이다. 아람이의 자리엔 가방도 없었고 책상 위엔 책 한 권조차 없었다. 원래부터 없던 자리처럼. 서랍 안은 뒤에 앉은 애 때문에 보이지 않았지만 나는 서랍 안에도 아무것도 없을 것이라 생각했다. 이것은 꿈일 테니, 아람이가 내 인생에서 사라지는 그런 꿈.

그렇게 생각하고 있을 무렵, 내 모지란 생각을 비웃기라도 하듯 뒷문으로 아람이가 가방을 메고 들어왔다. 신발과 가방

107

을 둘 다 들고 있는 걸 봐선 지금 등교하는 것 같았다. 아람이는 영어 선생님의 뻔한 물음에 병원에 다녀왔다고 작은 목소리로 말했다. 나를 포함한 다른 애들의 시선이 모이는 것이 싫다는 게 느껴질 정도로 작은 목소리였다. 영어 선생님은 아람이에게 더 이상 묻지 않았다. 가령 잘 들리지 않았다라던가, 어디가 아픈가 하는 것들을. 아람이도 다른 질문이 올 것이라 생각하지 않았는지 대답하자마자 걸음을 옮겨 자리에 앉았다. 내 시야에 다시 아람이가 찼다. 사라진 줄 알았는데, 꿈인 줄 알았는데, 지금 이건 현실이 맞나 보다.

나는 그 이후부터 아람이에게서 시선을 돌릴 수가 없었다. 그러다 보니 자연스레 아람이의 표정을 보게 되었다. 아람이는 항상 무표정이었는데, 예전엔 거의 보이지 않던 표정이라 난 그것이 신기했다. 그렇게 보다가도 가끔 떠드는 애들을 바라보는 아람이의 표정을 바라볼 때면 나는 마냥 신기할 수는 없었다. 부럽다는 표정을 숨길 수 없는 그 모습을 바라볼 때면 느끼고 싶지 않은 감정을 느꼈다. 그럼에도 난 아람이에게 단한 번도 말을 걸지 않았다. 아람이는 여전히 고독하고 외롭다.

아람이의 고독에 이유는 없다. 아니, 이유라면 있겠지만 고독까지 갈 이유는 없다. 왜 우리가 살면서 성공을 하고 실패를 하는 이유가 우리가 존재해서라고 대진 않듯이. 그 사람의 노력이 이유라고 대듯이. 인생의 모든 사(事)의 이유를 그 자신이 존재하기 때문이라고 한다면 너무 멀리 간 이유일 것이다. 아람이 또한 마찬가지다. 누구나 갖고 있는 성격의 결함이 원인이었으나 고독까지 갈 이유는 아니었다. 그저 한 아이에겐 그것이 거슬렸을 뿐이다.

아람이의 지나친 밝고 명랑한 성격은 소위 말하는 나대는 성격이 된 것이고, 이는 한 명이 동감하자 모두가 동감하게 된 자명한 사실이었다. 나는 아람이와 다른 반이었던 작년 중1 말 때 이 '사실'에 동감했다. 맞아. 걔가 그래서 좀 피곤해. 주동한 한 아이가 그룹의 중심이었기 때문에 그 아이를 거스른다면 그룹에서 쫓겨날 것이었다.
주동한 아이, 주아현은 말했다.

"야, 너네 쟤랑 놀지 마. 쟤 되게 이기적이야."

그 이후로 다른 애들은 아람이가 말을 걸어도 무시했다. 나도 그랬다. 절교 선언도 했다. 주아현의 말에 성실히 따른 것이다. 시간이 지나자 아이들의 죄책감의 세모가 동그라미가 되었다. 이제 아람이는 당연하게 외로움을 받아야 하는 아이가 된 것이다. 아이들은 아람이가 왜 혼자인지에 의문을 가지지 않았다. 그것은 자연법칙처럼 당연한 것이었다. 후에는 대부분의 아이들이 아람이 앞에서 더 친구들과 어울려 다녔다. 아람이의 고독을 강조하려는 듯 친함을 과시하며 서로가 서로 덕에 즐거운 듯 하하 호호거렸다. 그것에서 그 애들은 만족감을 느꼈다.

'너는 아니지만 난 친구가 있어, 즐거워. 부럽지?'

직접 말하진 않지만 행동으로는 말하고 있다. 이 말을. 이 치졸함을 아는 이유는 나도 그렇기 때문일 것이다. 나는 아람이를 볼 때면…… 그래, 안타까움과 죄책감도 느끼지만 무언가의 우월감도 느낀다. 나는, 나는 너랑 달라.

요즘 쓸데없는 생각이 많아진다. 학교 도서관에 책을 반납하러 가다가도 잡생각의 늪에 빠진다. 오늘 급식은 뭐였는데, 아 뭐는 누가 싫어하는 음식이었지. 어, 그 음식 맛집으로 소개된 곳이 있었는데 그곳 근처는 옷을 많이 팔았지. 그러다 결국 도달하는 것은 아람이에 관한 것이었다.

사실 나를 포함한 다른 애들도 처음부터 그랬던 것은 아니다. 그 치졸한 생각들 말이다. 다들 아람이와 같은 상황을 겪었기 때문에, 또는 겪고 싶지 않기 때문에 그래서 아람이와 자신을 동격화하는 것을 부정하고 싶은 것이다. 아람이를 까고, 무시하고 그러는 반면 자신들은 즐겁게 노는 모습을 연출하면서 충족감을 느끼고 안도감을 느낀다. 그렇게 해서라도 자신의 공허함을 채우고 있다. 남을 짓밟고 위로 올라서는 우월감, 반은 그런 것 따위로 만족하고 있다.

  그렇게 모든 아이들이 아람이를 배척하는 상태로 중학교 2학년은 끝이 났다. 3학년이 다가왔을 땐 아람이와 나의 반이 다시 달라졌고, 나는 이에 더 큰 안도를 느꼈다. 더 이상 그런 치졸한 기분을 느끼지 않아도 되고, 또 안타까움도 느끼지 않아도 된다. 문자를 보낼 때의 후련함만을 간직하고 싶다. 그런 소망을 담으며 반 배정표를 봤을 땐 참 신께 고맙다고 하고 싶었다. 친한 친구들과도 같은 반이며 아람이와 나의 반은 층까지 달랐다. 일 년간의 헤어짐이지만 그대로 아람이와 내가 영영 헤어지는 것만 같아 들떴었다.

  나는 말 그대로 아람이와 영영 헤어진 듯 지냈다. 아람이의 존재조차 몰랐으며 가끔 혼자 이동하며 밥을 먹던 아람이가 곁에 소심해 보이는 아이를 끼고 다니는 것을 볼 때만 아, 아람이가 있었구나- 하며 깨달을 뿐이었다. 그 옆의 아이는 키가 크고 약간 까무잡잡했다. 치렁치렁한 머리는 앞을 계속 가려 대화를 해 보지 않아도 소심하다는 걸 알 수 있었다. 그걸로 생각은 끝이었다.

그렇게 끝일 줄 알았는데.

평소와 다름없이 닳은 실내화를 마룻바닥에 질질 끌며 다닐 때였다. 이 나이 먹고도 왕따 놀이라는 것이 성행하는 것을 잊고 있을 그럴 때, 한 애가 여자애들 무리 뒤를 쫓으며 어정쩡하게 따라다니는 모습을 보게 되었다. 내 옆에 있는 나보다 작은 친구는 내 옷을 아래로 잡아끌며 말했다.

"쟤네는 유치하게 뭐하는 짓인지…… . 이 나이 먹고 저런 짓이 하고 싶을까?"

일 년 전까지만 해도 네가 저런 애였다는 건 잊었니? 반사적으로 드는 생각을 입 밖으로 내뱉지 않으려 애쓰며 나도 그에 동조한다는 듯이 말을 바꿔 말했다.

"그러게. 그래도 사정도 모르는데 우리가 뭘 말하겠냐."

애초에 얘나 나나 더 이상 저 사태를 입에 올릴 일은 없겠지만, 부러 안타까운 척 말을 끝냈다. 나는 여전히 가식적이다. 그리고 이것은 어쩔 수 없는 '평범한' 사람의 끝맺음이다. 내가 아니어도 그 누구나 이랬을 테니, 딱히 나쁜 것도 별난 것도 아니다. 우리는 그렇게 생존할 뿐이니.

이런 생각을 하던 내가 생각을 고쳐먹게 된 데는 별다른 사건이 필요하지 않았다. 위와 같은 상황을 한 번 더 봤을 뿐이지. 주인공이 아람이와 아람이와 붙어 다니던 친구인 것이 차이점일까. 그 상황을 발견한 것은 정말 우연이었다. 내가 아람이를 스토킹 하던 것도 아니었고 급식실 뒤 장소를 애용하던 것도 아니었다. 정말 우연히도 급식실 뒤에 고장 난 CCTV가 달린 뒷문이 있던 것뿐이다. 하필이면 내가 수학 숙제를 집에 놔두고 왔고, 우리 집은 그 짧은 쉬는 시간 10분 동안 갔다 올 정도로 학교와 가깝다는 점도 포함해서 말이다. 이런 별다른 생각을 하고 있을 때 대화는 정점을 찍은 듯했다. 나는 얼른 대화를 끝내고 비켜 줬으면 좋겠다고 생각했다.

"나는 너랑 친하게 지낼 생각 없다니까!!"

악다구니를 쓰는 듯한, 귀에 톡 쏘는 듯한 소리는 아람이의 목소리였다. 대화를 안 한 지 일 년 반이지만 그 목소리는 기억하고 있나 보다. 하지만 나는 이 사실에 신기해하지도 않았다. 그보다 더 큰 말이 귀를 푹푹 쑤셨으니 말이다.

"나 너랑 친구 아냐. 그러니까 앵겨 붙지 마."

어디선가 많이 본 듯한 분위기, 대화더니 이 말들은 내가 아람이에게 했던 말들과 매우 비슷했다. 아람이는 그 말을 끝으로 미련 없다는 듯이 돌아섰고 그 자리에서 그 말들을 듣고만 있던 아이는 서럽고, 또 서러운지 주저앉아 울었다. 그냥 우는 것도 아니고 주저앉아 울 정도면 많이 괴롭고 슬프다는 뜻일 것이다. 그리고 나는, 이런 쓸데없는 생각이라도 해서 앞의 일들을 생각하고 싶지 않았다. 나는, 나는 내가 한 말들이 이렇게 돌아올지는 몰랐는데. 생각하고 싶지 않아도 계속 떠오른다. 이제 네가 한 짓을 알겠냐면서 계속 머릿속에 아람이의 대사가 울린다. 저 울음소리가 모두 나 때문인 것 같다는 생각이 머리를 지배했고, 들은 적도 없는 아람이의 울음소리마저 상상해 낼 지경에 이르렀다.

나는 그제야 내가 무슨 짓을 한 건지 알았다. 나는 그제야 내가 얼마나 쓰레기 같았는지 알았다. 나는 그제야 미안함을 느껐다. 알았지만, 모든 것을 알았지만 내가 한 짓을 되돌릴 수 없고 그 결과는 이거다. 내가 나 자신이 너무 싫어져서, 쓰레기 같아서, 싫어서, 싫어서. 움직일 수가 없다. 수업 종은 쳤는데 내 몸은 움직일 생각을 안 한다.

으허엉엉.

우는 그 소리엔 미약하게 이런 소리도 들어 있다.

미안해, 허엉 미안해애…….

도대체 쟤가 뭐가 미안하다는 건지 모르겠다. 이 자리에 없는 아람이가 앞에라도 있다는 듯이 미안하다는 말만 되뇌며 운다. 너무 서럽게 울어서 나도 울고 싶을 정도로 서럽게 울어서, 달래 주고 싶다는 생각이 들 정도로 서럽게 울었다.

아람이는 그동안 혼자 다녔고, 체험학습 때도 혼자였고 잘 때도 이불 없이 혼자 떨어져서 잤고, 밥 먹을 때도 혼자였고, 체육 수업 때도 혼자였다. 시선을 돌리며 마주하려 하지 않던 그 모든 것들이 이제야 들어왔고 이 모든 것은 저 애의 미래이자 과거일 것이다.

흐어엉……

아람이도 저렇게 울었던 걸까. 모진 말 하나 입 밖으로 내뱉지 못하던 순수한 아람이. 그 입에서 나오던 것은 저런 울음이었던 걸까.

나는 아람이를, 그랬던 아람이를 나와 같은 '평범한' 사람으로 만들어버렸다. '평범한' 사람이 되는 병을 줘버렸다. 전염시켜버렸다. 우리 학교에 퍼져 있는, 아니 우리 학교뿐만 아니라 전 세계에 퍼져 있는 이 병에

아람이는 감염되었다.

처음 소설 쓰기 과제를 받았을 때 선생님께서 자신의 이야기를 토대로 쓰는 것이 좋다고 해서 내 이야기가 무엇일지 고민했다. 그러다 초등학교 때 친구 관계로 힘들었던 내용을 쓰자고 생각했다. 관계에서 상처를 받은 사람들이 다시 다른 사람들에게 상처를 준다는 내용을 담고 싶었다. 그러한 세태를 비판하고 나를 자책하기도 하면서, 소설로 사과를 구하고 싶기도 했다.

초안을 작성할 때는 쓰고 싶은 사건을 위주로 썼다. 생각나는 소재를 쓰고 그 소재들을 통해서 내가 말하고자 하는 것을 어떻게 표현할지 고려했다. 대충 기본 틀을 잡고 나서 본격적으로 글을 쓸 때는 효과적으로 내용을 전달하고자 시점을 내가 아닌 다른 사람으로 했다. 타인의 생각이 어떨지를 고려하며 쓰다 보니 색다른 경험이라 신선하기도 했고, 또 고민하며 머리를 싸매기도 했다.

쓰면서 소설 쓰기가 쉽지 않다는 것을 알게 되었다. 단순히 사건을 나열하는 것이 아니라 유기적인 연결과 인물의 심리 변화 같은 다양한 것을 고려해야 했기 때문이다. 소설을 써 본 적이 없어 실력이 부족했지만, 국어 시간에 배운 소설들과 원래 즐겨 읽던 소설들의 전개 방식을 생각하니 좀 더 수월히 쓸 수 있었다. 그렇게 쓰고 난 후, 나는 내 첫 소설이라는 큰 기쁨을 얻었고, 또 내가 할 수 있다는 것에 자신감과 뿌듯함을 얻었다.

··· 김혜인

주인공이 왕따를 시키는 가해자이다. 하지만 가해자는 피해자에게 연민의 마음이 크다. 피해자 아람이와는 어릴 적부터 절친이었던 것이다. 가해자 그룹의 지시에 따라 수동적으로 취한 행동으로 죄책감도 갖고 있다. 그런데 왜 이런 행동을 하게 되었을까. "다들 아람이와 같은 상황을 겪었기 때문에, 또는 겪고 싶지 않기 때문에" 취한 행동이라는 말이 잠깐 나온다. 이 부분이 좀 더 상세히 그려졌으면 더 좋았겠다. 어떻게 피해자가 가해자가 되면서 왕따의 병이 전염되는지. 누군가를 왕따시킨다는 것은 유치한 충족감과 공허함이라고 말하고 있다. 아이들을 황폐하게 만드는 왕따 놀이에 아람이도 결국 감염되었다. 자기보다 더 약자를 왕따시키는 것으로 자신의 고독과 공허를 채우려 하는 것이다.

왕따 문제가 심각한 아이들 세계의 한 단면을 잘 들여다볼 수 있는 작품이다. 실제로 겪은 일인가 물으니 "어느 정도는……"이라고 답한다. 초등학교 때의 경험과 허구를 섞어 쓴 이야기라고 한다. 타자를 괴롭히는 데서 쾌감을 느끼거나, 공감 능력은 없고 잔인한 복수심 같은 것이 마음 밑바닥에 깔려 있는 사람들이 있다. 동물을 학대하고 사람들을 살상하고…… 이런 일이 자꾸 많아지는 건 분명하다. 피해자야 말할 것도 없지만, 가해자의 영혼이 파괴되어가는 것을 생각하면 숨이 막힌다. 공동체를 잃고 관계를 잃고 고독한 섬에서 위악적으로 살다가 마침내 악이 되어버리는 영혼. 한두 개인의 문제가 아니라 우리 문명의 크레바스다. 아이들이 이렇게 된다는 것은 우리 문명의 실패를 상징한다. 가해자를 처벌하는 데 답이 있는 것이 아니라, 그 피폐한 영혼을 어떻게 어루만져 풀어 줄 것인가를 고민할 것이 교육이다.

··· 조향미

파더
일기장과 편지
또또
이 또한 지나가리라

가족의
세계

파더

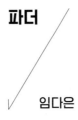

임다은

prolog

조용하던 휴대폰이 지-잉 하고 온몸을 떨었다. 집중의 세계
에 누군가가 발을 들이민 순간이었다. 순간 욱하고 올라오는
짜증에 절로 미간이 찌푸려졌다. 미리보기로 뜬 카톡 창을 흘
끗 곁눈질로 보고는 그냥 휴대폰을 사물함 어느 깊숙한 곳으
로 던져버렸다.

"아우 왜 이래 징그럽게. 아 짜증 나."

평소에 누구에게도 화를 잘 내지 않는 내가 유일하게 투정
부리는 사람, 아빠였다. 찌푸려진 눈살은 더 힘을 받아 여러 개
로 나뉘어졌다. 나는 다시 할 일을 시작했다. 어두운 사물함을
비추는 핸드폰 화면에는 "딸들, 사랑해"라는 카톡 창이 떠 있
었다. 그러나 얼마 뒤 휴대폰 화면이 깜깜해지며 사물함 안도

컴컴해져 갔다.

1

"덜컹······ 덜커덩······ 치······ 이번 역은······."

한 남자가 부산행 기차에 올랐다. 어깨에는 노트북 가방을, 두 손에는 서류가 가득한 가방을 들고 있었다. 얼굴은 까무잡잡하지만 손은 하얀 것을 보니 아마 햇볕에 많이 탄 모양이었다. 푸르댕댕한 턱수염은 깎은 지 얼마 되지 않은 듯 보였다. 브라운 색 안경알이 있는 안경을 썼지만 그 어둔 색도 나이를 이기지는 못했는지 굵은 눈가 주름은 선명히 눈에 띄었고, 두피가 듬성듬성 보이는 얇고 적은 모발들은 세월의 무게를 이기지 못해 축 스러져 있었다. 가장의 책임감을 짊어진 축 늘어진 어깨도 그의 고된 시간들을 머금고 있었다. 기차는 마치 우주 공간 같았다. 그는 무거운 짐을 들고 바지 뒷주머니에 있던 기차표를 꺼내 들었지만 두 손 가득한 짐 때문에 기차표를 놓치고 말았다.

"하······."

한숨을 푹 내쉬고는 바닥에 떨어진 기차표를 주우려고 허리를 숙이자 20대로 보이는 한 남자와 부딪혔다. 잠깐의 정적이 깨졌다.

"아, 씨······ 아저씨! 똑바로 보고 다닙시다."

124

그는 재빨리 기차표를 주위 들고는 머쓱한 듯 고개를 까딱 숙이며 20대 남자에게 사과를 했다.

"어이구…… 미안합니다."

이 둘을 힐끔 쳐다보는 사람들도 있었지만, 그 찰나의 순간도 잠시, 기차 안은 무슨 일이라도 있었냐는 듯 다시 고요해졌다. 그는 정적 속을 헤치며 재빨리 자신의 자리를 찾아갔다. 자신의 자리에 짐을 내려두고 그는 털썩 앉았다. 아무 생각도 하기 싫은 듯 창문 밖을 바라보았다. 찬란했던 태양이 마지막 발악이라도 하듯 새빨간 붉은 빛을 내며 산 뒤로 사라져 갔다. 남자는 해가 완전히 사라질 때까지 창문 밖을 바라보았다.

"휴……."

해가 지고 컴컴한 밤하늘이 되자 또다시 한숨을 내쉬었다. 그러고는 자신의 가방에서 노트북을 꺼내 들었다. 가방 속 따뜻하게 자리하고 있던 휴대폰도 꺼내 들었다. 띠디띠디띠 번호를 누르더니 어디론가 전화를 걸었다.

뚜르르르르 뚜르르르르. 달칵.

"여보세요? 누구시죠?"

나이는 30대로 예상되는 목소리 톤의 남자가 전화를 받았다.

"아 여보세요! 안녕하세요. 임창현입니다. 저번에 말씀드린 그 부분 있잖습니까. 아무래도 시간이 너무 많ㅇ……."

"아니, 임 사장님. 일을 그렇게 느리게 하면 다음 일은 어떻게 합니까……. 이런 식이면 다음에는 같이 일을 못 해요. 알겠습니까? 에휴…… 말을 맙시다. 됐고요, 알아서 제 시간 안에 처리해 놓으세요. 달칵."

날카로운 말들이 그의 가슴에 빠짐없이 꽂혔다. 전화 소리가 너무 컸던 탓인지, 상대방의 목소리가 컸던 탓인지 그가 들었던 모진 말들이 기차 안에 울려 퍼졌고, 승객들은 안쓰럽다는 듯 그를 바라보고는 다시 자신의 일들을 했다. 전화기 너머로는 뚜두두두거리는 신호음뿐이었다.

"…… 미친놈들……."

화가 난 듯 그는 자그마한 욕지거리를 내뱉었다. 두 손으로 얼굴을 덮고는 화를 삭였다. 그 시간도 잠시 노트북을 열어 쌓여 있던 일을 시작했다. 그때 띠링 하고 카톡이 왔다. 연이어 띠링 띠링 하고 알림이 울렸지만, 그는 알아채지 못한 채 일에 열중했다.

"…… 치지직…… 치직…… 이번 역은 화명, 화명 역입니다. 내리실 승객분은……."

기차 전체에 기장의 안내 방송이 흘러나왔다. 쥐 죽은 듯 조용한 분위기 탓에 안내 방송이 더 크게 울려 퍼졌다. 일을 하던 그는 안내 방송을 듣자 노트북을 제외한 다른 짐들을 쌌고, 다음 역에서 내릴 준비를 했다. 그러고는 노트북을 무릎에 올려

126

놓고 다시 일을 시작했다. 방송이 끝난 기차 안은 폭풍이 휩쓸고 간 듯, 잠잠해졌다.

"빰빠라빠바빠바밤 – 빠라라빰빠빰빠."

그의 휴대폰에서 시끄러운 벨소리가 울렸다. 그는 당황한 듯 자신의 휴대폰을 찾아 헤맸다.

"아씨, 뭐야."

"빨리 전화 좀 받지……."

"하. 참 매너 없는 사람이네……."

잠들었던 사람들은 시끄러운 벨소리에 깨어나 인상을 찌푸리며 작게 중얼거렸다. 그러고는 그를 뚫어지게 쏘아보았다. 마치 죄라도 지은 듯이.

"죄송합니다. 죄송합니다."

그는 연달아 사과를 했다. 휴대폰의 통화 버튼을 눌러 전화를 받으며 자리에서 일어났다.

"여보세요? 자기 어디야?!"

화가 난 듯 하이 톤의 앙칼진 목소리가 들려왔다. 아내로 추측되는 목소리가 객실 안을 채웠다. 사람들은 눈살을 찌푸리며 그를 쳐다봤다. 부끄럽고 쪽팔렸던 그는 황급히 전화 종료 버튼을 눌렀다. 그러고 무음 모드로 전환했다. 한숨을 푹 내쉬고 자리로 돌아오려는 그때 또다시 전화가 울렸다. 그는 받지 않은 채 거절을 눌렀다. 이후 휴대폰이 이제는 받아 달라는 듯

몸 전체를 떨었지만, 짜증 한가득, 쪽팔림 한가득이었던 그는 다시 한 번 거절을 눌렀다. 그리고 사람들의 눈치를 살피며 다시 자리로 돌아와 앉았다. 그의 자리에는 서류 더미와 다 끝내지 못한 일들이 노트북 화면에서 빛을 뿜어내고 있었다. 그는 주먹을 세게 감싸 쥐고는 치밀어 오르는 화를 참아 냈다.

"이번 역은 구포, 구포 역입니다. 내리실 승객들은 빠뜨린 짐이 없는지 확인하시고 하차할 준비를 해 주시길 바랍니다. 감사합니다."

흘러나오는 방송에 그는 허둥지둥 짐을 하나둘 둘러메며 내릴 채비를 했다.

2

가로등이 번쩍하고 켜졌고, 거리의 네온사인들이 현란하게 빛났다. 시내를 지나쳐 한두 개의 빛이 존재하는 도로를 쌩 하고 자동차 한 대가 지나갔다. 그 안에는 한 여자가 타고 있었다. 하얀 얼굴에 잡티 하나 없는 피부지만 안경 너머 보이는 눈에는 오래전에 한 듯 보이는 아이라인 문신이 푸르스름하게 남아 있었고, 그 주변은 새끼 애벌레가 자리를 잡은 듯 잔주름이 존재했다. 조수석에는 먹다 남은 제사 음식들로 가득했다. 눅어버린 튀김마냥 그녀의 얼굴은 피곤에 지쳐 축 늘어져 있었다. 그녀는 반대편 차선에 차가 오지 않는 것을 살핀 후 유턴을 했다. 그러곤 구포 역으로 가는 좁은 골목길로 들어섰다. 구포 역 앞에 도착한 그녀는 어두컴컴한 어느 곳에 차를 주차시켰다. 그러곤 어디론가 전화를 걸었다.

"어 – 딸! 왜 전화했었어?"

그녀는 지친 목소리를 감추고 상냥하게 말을 했다.

"여보세요?"

어리게 들리는 목소리가 전화기 너머로 들려왔다. 딸과 짤막한 대화를 나눴다.

"엄마 이제 제사 끝나고 아빠 데리러 왔어. 저녁은 먹었어? 힘들지? 그래 – 열심히 공부하고 나중에 데리러 갈게 –"

뚜둑.

그녀는 전화를 끊은 뒤 남편을 기다렸다. 도착 시간이 지났고, 5분 10분이 지나도 남편이 나타나지 않았다. 그녀는 남편에게 전화를 걸었다.

뚜르르르르르르르 뚜를르르르르르르르. 달칵.

"여보세요? 자기 어디야?!"

노동과 기다림에 지쳐 짜증이 났던 그녀는 목소리에 힘을 주어 말했다.

뚜둑.

말을 하자마자 전화가 끊어졌다. 의아하다는 표정으로 그녀는 번호를 확인한 뒤, 한 번 더 번호를 누르고 통화 버튼을 눌렀다.

뚜르르르르르. 뚜둑.

이번에는 전화조차 받지 않았다. 아마 거절 버튼을 누른 모양이었다. 화가 난 그녀는 다시 한 번 전화를 걸지만 역시나 받지 않았다. 남편이 이러는 이유를 된통 알 수가 없던 그녀는 머리끝까지 화가 났지만, 어쩔 수 없이 기다릴 수밖에 없었다. 그렇게 5분이 더 지나서야 저기 멀리서 터벅터벅 남편이 걸어왔다. 그녀는 짜증 나는 마음에 아무 말도 걸지 않기로 다짐했다. 남편은 조수석을 열고 쌓여 있던 제사 음식들을 보더니 문을 쾅 하고 닫고 뒷좌석으로 갔다. 그러고는 아무 말도 없이 앉았다. 그녀는 그런 남편을 백미러로 노려보았고 어이가 없다는 듯 '하'라는 탄식을 내뱉고는 아무 말 없이 출발했다. 집으로 돌아가는 차 안은 시베리아 벌판에 놓인 듯 아주 차가운 공기만 맴돌 뿐이었다.

3

독서실에서 공부하던 중 책상에 진동이 일었다. 공부의 흐름이 깨져 받고 싶지 않았지만 위이잉거리는 진동 소리에 자리에서 일어났다. 소리가 나지 않게 폰을 들고는 잽싸게 독서실 밖으로 뛰쳐나왔다.

"여보세요?"

"어 – 딸! 왜 전화했었어?"

엄마의 전화였다.

"아 그냥. 어딘가 싶어서. 엄마 어딘데?"

"딸 어디야? 독서실이야?"

"어디긴 어디야 독서실이지."

나는 로봇이 말하는 마냥 딱딱하게 대답했다.

"……."

잠깐의 정적이 흘렀고, 그 침묵을 엄마가 먼저 깼다.

"엄마 이제 제사 끝나고 아빠 데리러 왔어. 저녁은 먹었어?"

"아 그냥 대충 먹었어."

나는 공부로 받은 스트레스에 한껏 짜증을 실어 말했다.

"대충 먹으면 어떡해. 힘들지? 그래 – 열심히 공부하고 나중
에 데리러 갈게 –"

"ㅇ…… 아니…… 아니다. 알겠어."

산더미같이 쌓인 할 것들이 떠올랐지만, 배가 출출한 탓에
나도 모르게 대답이 나와버렸다.

뚜둑.

"아씨…… 짜증 나."

나의 삐죽 튀어나온 감정은 누군가를 찌를 듯했다. 전화를
끊고 나니 내가 했던 대답이 후회가 되었다. 나와의 싸움에서
진 느낌에 화가 나 내 뺨을 한 대 내려쳤다. 그러곤 다시 독서

실 자리로 들어와 앉았다. 아직 다 하지 못한 '미적분Ⅱ'와 한 개도 체크하지 못한 스케줄 표가 덩그러니 놓여 있었다.

'이 병신. 넌 쓰레기야.'

나 자신에게 짜증이 났지만, 집에 가서 꼭 해야지라는 마음을 먹은 채 하나둘 짐을 쌌다. 독서실을 나와 밖으로 나오니 은행 옆에서 그랜저 한 대가 기다리고 있었다. 터덜터덜 걸어가 조수석 문을 열었다.

"나 왔어."

퉁명스러운 말투로 엄마에게 말을 했다.

"왔어? 수고했어. 딸."

"응."

엄마에겐 눈길도 주지 않은 채 폰을 보며 건성으로 대답했다. 화는 내지 않으려 마음을 다스렸다. 사실 마음만은 예쁜 말투로 엄마에게 대답해 주고 싶었지만, 할 일을 끝내지 못한 탓에 짜증이 솟구쳐 그렇게 할 수 없었다. 머리와 입이 따로 노는 나였다. 라디오에서는 흥이 나는 트로트 노래가 흘러나왔다. 하지만 엄마와 나의 대화는 이어지지 못했다. 어떤 대화를 해야 할지 마음속에서 이것저것 꺼내 보았지만 도저히 무슨 말을 꺼내야 할지 몰라 계속해서 폰만 보고 있었다. 아파트에 도착할 때쯤 엄마가 입을 열었다.

"오늘 엄마가 아빠를 데리러 갔는데, 아빠가 안 오는 거야.

그래서 내가 전화를 했다? 근데 내가 여보세요, 라고 했더니 아빠가 뚝 하고 전화를 끊는 거야. 그래서 두 번이나 전화를 더 했더니 계속 거절을 하더라. 그래서 집에 와서 왜 그랬냐고 물어보니까 '사람이 전화를 안 받으면 이유가 있는 줄 알아야지! 왜 자꾸 사사건건 알려고 해!' 하는 거 있지? 너는 이해가 되냐? 내가 남도 아닌데."

엄마는 이해가 안 된다는 말투로 나에게 털어놓았다. 아빠가 평소에 종종 이러는 모습을 본 적이 있는 나였다. 그런 언행을 보이는 아빠를 이해하기는커녕 하는 말조차 듣기 싫었다. 이런 모습을 또다시 보였다는 엄마의 말을 듣자마자 한껏 돋아 있던 분노의 감정이 아빠를 향했다.

"아 진짜. 아빠 또 왜 그래? 그게 아빠야? 어우 진짜 사람이 왜 그러나 몰라. 아빠 짜증 나."

나는 투덜투덜거리며 집으로 올라왔다. 식탁에 무거운 가방을 내려놓고는 식탁 의자에 털썩 앉았다. 시간은 이미 새벽 1시를 가리키고 있었다. 아빠는 이미 안방에서 드르렁 코를 골고 있었다. 그런 아빠를 보며 나는 에휴 한숨을 내쉬었다. 엄마는 배고프다는 나에게 수육을 잘라 주고는, 안방으로 들어갔다. 고기 몇 점을 먹고 나니 눈이 감겼다. 또다시 자고 싶은 욕구와 해야 할 것들의 싸움이 시작되었다. 그러나 결과는 뻔했다. 자고 싶다는 욕구를 이기지 못한 채 나 자신과 타협을 했다.

'딱 두 시간만 자고 일어나야지. 이번에 못 하면 진짜 나는 병신, 개새끼, 우주 쓰레기다.'

다짐한 채 잠자리에 들었다.

4

'아. 잦됐다.'

눈이 번쩍 뜨였다. 커튼 사이를 비집고 햇살이 내 방을 비추었다.

"수진아— 일어나라— 이놈의 가시나들이 이렇게 늦게 일어나면 어떡하노. 빨리 일어나라. 안 일어나고 뭐하노."

일주일 만에 듣는 아빠의 장난기 섞인 커다란 목소리가 내 귀에 꽂혔다.

"뭐하노! 빨리 일어나라! 빨리 와서 사과나 먹어라."

아빠는 한 번 더 소리치며 사과를 깎아 한 조각을 들고 내 방으로 들어왔다.

나는 내가 일어나지 못해 정말 쓰레기가 되었다는 사실에, 그리고 아빠가 아침부터 고래고래 소리를 지르는 탓에, 또 하나는 어젯밤 엄마에게 했던 행동들 때문에 안 그래도 어제부터 쌓여 있던 감정의 화산에 불을 붙였다.

"아씨 진짜. 왜 이렇게 아침부터 소리치고 난리야? 아빠 갈데 없어? 아 짜증 나. 왜 자꾸 깨워!?"

"니네가 안 일어나니까 그렇지. 빨리 이거 먹어라."

아빠는 얘가 왜 이렇게 화를 내냐는 듯 쳐다보고는 사과를 내밀었다.

"아 기다려 봐. 나 교정기 꼈잖아. 그리고 아빠는 어제 엄마한테 왜 그렇게 했는데? 전화를 그렇게 끊는 사람이 어딨노? 그게 아빠가 할 짓이가?"

내 앞에서 사과를 들고 서 있는 아빠를 올려다보며 총알과도 같은 말들을 내뱉었다.

"어? 니 엄마 편드나? 니도 똑같다! 조용한 기차에서 엄마가 고래고래 소리치는데 어떻게 받노! 쪽팔려서 못 받겠더라! 그 특유의 무대포 성격 니도 알잖아!"

아빠가 장난 반 억울함 반 섞인 말투로 말을 쏟아부었다.

"그래도 아빠가 문자를 해 줬어야지."

나는 아빠 말에 한마디도 지지 않고 대꾸했다.

"에이 근데 엄마가 한 번씩 그럴 때가 있다니까? 엄마 마음도 이해 가는데 아빠 마음도 이해 가는데."

그때 잠자코 있던 언니가 아빠의 말을 거들었다.

"바쁘고 짜증 나고 할 일도 많아서 그럴 생각도 못 했다. 아우 짜증 나게시리. 이게 아침부터 아빠한테 대들고 있어! 아빠가 요즘 얼마나 힘든지 니가 아나? 일주일 만에 보는 아빠를 반겨 주지는 못할망정, 뽀뽀도 안 해 주는 게."

아빠는 짜증도 아닌 장난도 아닌 말을 내뱉었다. 나는 난데 없이 뽀뽀 이야기를 하는 아빠가 어이가 없었다.

"아 싫어!!! 제발 아빠 쯤 가라. 왜 이렇게 귀찮게 해. 빨리 나 가기나 해. 아, 가라고!!!"

나는 아빠를 밀어내며 말했다. 말을 하고 아차 싶었다.

"니는 이제 아빠한테 오지 마라. 용돈도 안 줄 거다."

아빠는 정말 화가 난 것인지 안방으로 들어갔다. 그러고는 몇 분 뒤 배드민턴 가방을 어깨에 걸쳐 메고 나갈 준비를 했다.

"아빠 갔다 올게."

아빠가 말했지만 나는 대답하지 않았다. 띠리링 하고 현관 문 소리가 났다. 나는 홀로 나가는 아빠의 뒷모습을 지켜보았 다. 그러고는 언니 방으로 들어갔다. 화장을 하고 있던 언니 옆 에 털썩 앉았다.

"내가 너무 심하게 말한 거가? 아빠한테 쯤 미안한 것 같기 도 한데, 아 몰라. 화나."

나는 살짝은 누그러진 말투로 말했다. 그때 언니가 날 한심 하게 노려보고는 말을 꺼냈다.

"야, 어제 엄마랑 아빠랑 완전 크게 싸웠단 말이야. 소리 지 르고 난리 났었다니까. 근데 아빠가 요즘에 힘든 일이 많나 봐. 일도 잘 안 풀리고. 그리고 아빠가 하는 말 듣고 나 울었다니까."

나는 엄마와 아빠가 크게 싸웠다는 소리에 화들짝 놀랐다.

"에? 진짜? 왜??"

어제 엄마 말을 듣고 잠깐 다퉜겠구나 생각은 했지만 언성을 높여가며 싸웠다는 것은 상상도 하지 못했다.

"엄마가 왜 힘든 일이 있으면 말을 해 줘야 알지 왜 말을 안해 주냐고 했거든? 그랬더니 아빠가 그러더라. '내가 자존감이 낮아지는 이유가 뭐 때문인지 알아? 일이 힘들고 많은 건 상관이 없는데, 나이도 새파랗게 어린놈들이 나한테 지랄거리면서 명령하고, 그러면서 걔네랑 싸워야 할 때야. 그런 걸 어떻게 자기한테 말할 수가 있겠어? 가장인데 어떻게 그래. 난 자존심도 없어? 너무 포기하고 싶은데, 우리 딸, 아들, 우리 가족 생각이 나서 참고 있는 거야. 알겠어?'라고 하더라. 얼마 전에 우리한테 '딸들, 사랑해' 이런 거 때문에 보낸 것 같거든. 그러니까, 아빠한테 짜증 내지 마셈. 아빠 일주일 만에 돌아와서 우리 보고 돌아가잖아. 밖에서도 치이는데 우리까지 그러면 아빠가 무슨 낙으로 살아가겠냐."

나는 언니의 말을 듣자마자 해머로 한 대 맞은 듯 머리가 띵해졌다. 그리고는 의도치 않은 눈물이 뚝뚝 떨어졌다. 코끝이 찡해지고 목이 막혔다. 크게만 보였던 아빠가, 항상 장난식으로 넘어가던 아빠가 이런 대우를 받으며 일한다는 사실을 믿

137

을 수가 없었다. 나만 그럴 수 있는 건데, 나만 아빠한테 짜증 낼 수 있다고 생각했었는데, 눈물이 기계처럼 흘러나왔다. 온갖 욕을 다 듣고 힘든 일을 마치고 돌아온 아빠를 집에서조차 반겨 주지 못했던 지난날들이 떠올랐다. 그리고 세월이 휩쓸고 지나간 아빠의 얼굴이 생각났다. 늘어가는 주름에, 담배로 꺼멓게 변해가는 피부, 점점 더 빠지는 머리카락. 언젠가 아빠한테 '아빠도 이제 다 늙었네?'라고 장난으로 던지던 그 말들이 이제는 장난이 아닌 실제가 되어 눈앞에 있다는 사실을 믿을 수 없었다. 나는 꺼이꺼이 소리를 내어 울었다. 세상이 참 미웠다. 아까 내뱉었던 말들은 아마 날카로운 칼이 되어 아빠의 심장 한구석을 스크래치 냈을 것이다. 어떻게 해야 이 마음을 진정시킬까 하다 어서 내 휴대폰을 찾았다. 그러고는 문자 메시지를 열었다. 아빠에게 문자를 보내려 아빠의 이름을 찾아보았다. 아빠는 메시지의 제일 밑바닥을 차지하고 있었다. 늘 곁에 있다고 생각하고 무관심했던, 다른 누구도 아닌 아빠에게만은 화를 참지 못했던 날들을 보여 주고 있었다. 무슨 말을 아빠에게 전해야 할지 몇 번을 썼다 지웠다를 반복했다.

"아빠! 내가 아침에 그렇게 말은 했지만 아빠 사랑하는 거 알지? 아빠 파이팅!"이라는 형편없는 문자 한 줄을 보냈다. 눈물들을 닦아 내려 휴대폰을 두고 화장실로 갔다. 눈물을 닦으며 이제는 어떻게 아빠를 대해야 할지 고민하던 그때 띠링 하

고 문자가 왔다. 나는 휴지를 뜯어 다시 방으로 들어왔다. 휴대
폰 화면 위 떠 있는 그 문자를 본 나는 눈물꼭지가 고장이 난
듯 하염없이 눈물을 흘릴 수밖에 없었다.

.

.

.

.

.

.

.

.

ㅎㅎ 그래…… 언제나 사랑해 딸^^*

수많은 글쓰기 활동으로 다져진 필력이 정점을 찍은 것이 이 소설이라고 생각한다. 항상 자신의 경험과 관련 지어 글을 써 보라는 선생님의 말씀이 무슨 말인지 알게 되는 계기가 되었다. 사실 이 소설도 처음엔 완전히 다른 소설이었다. 친구들이 하는 대로 연애소설이나 써 볼까 하고 시작했으니까. 하지만 내가 못 해 본 연애에 관해 쓴다는 것은 상당히 어려운 일이었다. 지금 생각해 보면 글을 쓰는 까닭도, 주제도, 감정도 없었으니 글이 잘 나오지 않는 것은 당연했다.

그렇게 겉만 멋들어지게 쓰는 글은 살아 숨 쉬지 않는다는 것을 몸소 느꼈다. 어떻게 써야 할까 머리를 싸매면서 며칠 방치를 해 두고 있을 때 사소하지만 큰일이 벌어졌다. 늘 가족들에게 장난을 치며 다가왔던 아빠가 힘들어하신다는 것을 알게 된 것이다. 그 순간 가족한테만은 살갑게 대하지 않는 내 자신이 한심하게 느껴졌다. 특히 부모님께는 너무 죄송해서 울지 않을 수 없었다. 한참을 펑펑 울면서 반성하는 마음으로 소설을 쓰게 되었고, 덕분에 이런 작품이 나올 수 있었다.

이 글을 읽는 대부분의 사람들이 부모님께 사랑한다

는 말을 하기 어려워하리라 생각한다. 나한테도 아직은 힘든 일이다. 심지어 내가 쓴 소설을 보여 드리지도 못했다. 하지만 나는 변화했고, 더 성장하기 위해 노력 중이다. 다은 엄마, 다은 아빠로만 생각하는 것이 아닌 한 사람으로서 그분들의 생각과 입장을 이해하려고 한다. 우리가 각자 다른 상황에 처한 서로를 이해하지 못해서 갈등이 생긴다는 것을 안다. 하지만 대부분의 사람들은 이것을 인지하지 못하고 화내기 바쁜 것이 현실이다. 소설 속 시점을 다르게 쓴 이유도 이를 보여 주기 위해서였다.

나는 부모님을 통해서, 글쓰기 활동을 통해서 역지사지의 태도를 배우게 되었고 앞으로 어떤 자세를 가지고 살아가야 하는지 알게 되었다. 이 소설은 내 인생의 소중한 자산이다. 지식보다는 지혜를 얻게 되어 기쁘다.

··· 임다은

소설 쓰기가 시 쓰기와 다른 점은 글 쓰는 사람이 여러 인물의 마음이 되어야 한다는 것이다. 1인칭 주인공 시점이라 하더라도 다른 인물의 마음을 헤아리지 않고는 이야기를 진행하는 것이 어렵다. 시는 자아의 표현이므로 그런 면에서 보면 단순하기도 하다. 물론 시는 소설과 다른 방식으로 삶의 비의(秘意)에 접근한다.

학생들에게 소설 쓰기가 의미 있는 것은 다른 인물—대상의 입장이 되어 본다는 것이다. 물론 소설에서도 자신의 입장에서만 사건을 풀어가는 학생들도 있었다. 그럴 때는 꼭 상대방의 입장에서 대화를 쓰고 심리를 묘사해 보라고 했다. 친구 사이의 갈등을 그렸을 때는 특히 그렇게 써 보도록 했다. 그렇게 다시 써 온 글에서는 그 친구가 왜 서운해했는지, 왜 화를 내고 욕을 했는지 어느 정도 이해가 간다고 했다. 백 퍼센트 내 입장만 옳지는 않다는 것을 깨달았다고.

이 소설은 딸인 내 입장에서 시작하지만, 시점을 바꾸어 아버지와 어머니의 입장을 모두 그렸다. 소설을 쓰는 내내 울면서 썼다고 한다. 학교에선 더할 수 없는 모범생인데 집에서 아버지한텐 짜증도 내고 했던 모양이다. 아버지와 어머니의 일상을 생각해 보면서 아버지가 얼마나 힘들게 일하시는지, 어머니가 얼마나 자식들을 챙기는지를 절실히 깨닫게 된 것이다.

세부 묘사가 치밀한 점이 돋보인 작품이었다. 그런데 대화에서 감정 처리가 너무 고조되어 과장된 느낌이 있어서 수정을 권유했더니 좀 더 자연스레 다듬어졌다.

… 조향미

일기장과
편지

김효은

"가을아! 일어나! 빨리 밥 먹고 학교 가야지!"

엄마가 외친다.

"……."

가을이는 아무 대꾸가 없다.

벌컥 방문이 열리더니 가을이가 가방을 메고 성큼성큼 걸어 나온다.

"어디 가! 밥 먹고 가야지!"

엄마가 외치지만 가을이는 무시하고 집 밖으로 나간다.

가을이는 이어폰을 끼고 음악을 들으며 버스를 타고 학교 가는 길에 오른다.

"야! 내가 어제 집에 좀 늦게 들어갔거든? 근데 엄마가 전화를 다섯 통이나 한 거야."

가을이는 친구에게 화를 내면서 말한다.

"헐, 뭐야. 너네 엄마 집착하시네."

"그니까…… 10분 늦은 거 가지고 그렇게 전화하고 화낼 일이냐?"

"저언혀. 야 꼴랑 10분 가지고 그러는 거? 우리가 애도 아니고 고2나 됐는데."

"역시, 우린 뭔가 통하는 게 있다."

가을이는 친구와 웃으면서 복도를 지나간다.

"가을아!! 쉬는 시간에 선생님 잠깐 만나자!"

선생님께서 가을이를 급하게 부르셨다. 학급의 반장을 맡고 있는 가을이는 학교에서 많은 일들을 담당하고 있다. 선생님들도 가을이를 많이 부르시고 많은 일을 부탁하신다.

"네!! 선생님!! 알겠습니다-"

가을이는 다시 친구들의 곁으로 간다.

"가을아, 선생님들이 왜 이렇게 널 찾아?? 진짜 피곤하겠다."

친구들이 가을이를 걱정하는 표정을 지으며 말한다.

"괜찮아, 반장이니까 그러시는 거겠지."

가을이는 괜찮다며 웃어넘긴다.

늦은 저녁 가을이는 학교 야자를 끝내고 집으로 향한다. 친구들과 헤어지고 집으로 향하는 가을이의 표정은 어둡다.

"다녀왔습니다."

"그래. 가을이 학교 다녀왔니?"

가을이의 엄마는 잠에 들지 않고 가을이가 학교에 다녀올 때까지 기다리고 있었다. 하지만 가을이는 아무 대꾸도 하지 않고 자신의 방으로 들어가버린다.

다음 날 아침이 밝았다. 가을이는 여전히 아침밥을 먹지 않고 학교로 등교해버린다. 가을이의 엄마도 포기를 한 듯 아무 말도 하지 않고 밥을 먹는다.

가을이의 방을 청소하던 가을이의 엄마는 공책 하나를 발견하게 된다.

2017년 10월 18일

나는 오늘도 엄마랑 싸웠다. 이유는 딱 하나 공부. 나도 물론 공부가 중요하다는 걸 안다. 하지만 학교생활에도 충실하게 임하고 싶은 게 나의 마음이다. 이런 내 마음 때문에 학교생활이 힘들 때가 있다. 너무 많은 일들을 내가 하려고 하고 그 일들은 내가 모두 감당하기에는 버겁다. 난 지금 학교생활로도 충분히 힘든데 엄마는 항상 공부가 우

선이라고 이야기한다. 나도 공부도 학교생활도 모두 잘하
고 싶지만 뜻처럼 되지 않아서 속상하다. 그런데 엄마는
그것도 모르고 계속해서 내가 알고 있는 것들을 말한다.
그런 말을 들을 때마다 지치는 느낌이다. 이젠 집에 들어
가기가 싫다.

가을이의 일기를 본 엄마의 표정은 일그러지고 한숨을 내
쉰다. 일기를 원래 있던 자리에 두고 엄마는 가을이의 방을 나
간다.
  밤이 되고 가을이는 집에 들어온다. 가을이의 엄마는 평소
와 다르게 누워서 잠이 들어 있었다. 가을이는 아무 상관없다
는 듯이 방으로 들어가버린다.

  며칠 뒤, 아침이 밝고 가을이 엄마는 우유와 포장되어 있는
빵을 챙겨 가을이에게 준다. 가을이는 낚아채듯이 가지고 집
을 나선다.
  "어? 웬일이야. 이 시간에 버스를 다 타고?"
  평소에 항상 지각을 하던 가을이의 친구가 버스를 타려 일
찍이 나와 있었다.
  "이제 나도 정신 차렸다고- 오, 근데 가을이 엄마랑 화해했
나 보네? 맛있는 거 챙겨 주셨네-"

"야, 뭐가 맛있냐. 엄마가 준 거 다 맛없다. 맨날 자기 입맛대로 챙겨 줘서 짜증 난다고. 너나 먹어라."

"헐. 나 줘도 되는 부분? 나야 이득이지 - 잘 먹을게, 가을."

가을이는 엄마가 챙겨 준 빵과 우유를 친구에게 주고는 신나게 이야기하며 등교를 한다.

그 시각 엄마는 가을이의 일기를 또 펼친다.

2017년 10월 26일

난 학교에서 항상 밝고 성격 좋은 아이다. 항상 선생님 말씀 잘 듣고 시키는 일은 뭐든 열심히 하며 친구들과도 잘 지내려고 노력한다. 내가 힘든 부분이 있어도 가만히 속으로만 힘들어한다. 남들에게 내가 힘들어하는 모습을 보이기 싫다. 그런데 이상하게 부모님한테는 그냥 힘들면 다 표현하고 싶다. 밖에서는 짜증 못 내니까 집에만 들어오면 짜증을 낸다. 뭐든 다 싫고 다 짜증 난다. 이래서 내가 집에 들어오기 싫다.

엄마는 속상해하며 일기를 덮고는 청소를 마저 하고 가을이의 방에서 나간다.

가을이가 학교를 마치고 집에 들어왔다. 가을이는 방에 들어가더니 갑자기 문을 벌컥 열고 나와서는 엄마에게 소리를 지른다.

"내 일기 봤어?"

"그래, 봤어."

엄마가 아무 일 아니라는 듯이 말한다.

"왜? 왜 마음대로 내 일기 봐? 왜 마음대로 내 방에 들어와서는 함부로 남의 물건 만지고 마음대로 읽어? 상대방 기분은 생각 안 하는 거야? 그런 행동 해 놓고 엄마라고 말할 수 있는 거야? 엄마다운 행동을 해야 엄마 취급을 해 주지."

가을이는 너무 흥분해서 아무 생각 없이 말해버린다.

"뭐? 너 지금 엄마한테 그게 무슨 말이야? 지금 뭐하자는 건데? 너 밖에서는 그렇게 잘한다며, 일기에 적어 놨던데. 밖에서는 밝은 척 잘하면서 왜 집에만 오면 그렇게 화내는 거야? 엄마랑 아빠가 만만한 거라고밖에 생각이 안 든다. 이중인격도 아니고 그게 뭐니?"

엄마가 말하자마자 가을이는 눈물을 흘리며 옷을 챙기고 밖으로 나가버린다.

"야! 김가을! 너 어디 나가는 거니? 지금 시간이 몇 신지 알 ……."

가을이는 엄마의 말이 끝나기도 전에 문을 닫고 나간다. 공

149

원에 앉아서 울던 가을이는 친구한테 전화를 한다.

"야…… 나 엄마랑 싸우고 집 나옴."

"미쳤네 김가을. 이제 막 나가자 이거냐?"

"엄마가 나보고 이중인격자래. 집이랑 밖이랑 다르게 행동한다고."

"실화냐? 너네 엄마 이번에 말 심하셨다."

"밖에서는 내가 한 만큼 인정해 주고 칭찬해 주는데 집에서는? 집에서는 그냥 내가 열심히 해서 잘하는 건 당연한 거고. 못하면 혼나야 하는 건데. 누가 집에서 착하고 밝게 지내고 싶어 하겠어?"

"그건 맞아……. 너네 엄마 아빠는 항상 잘했다고 말 안 해 주시잖아……. 가을아 그래도 지금은 너무 늦었어. 빨리 집 들어가. 나쁜 사람 만나면 어떻게 해."

"하…… 알겠어……."

"그래. 내가 내일 아침에 연락할게, 가을아…… 푹 자고."

"응응, 걱정하지 마. 잘 자."

가을이는 벤치에 앉아서 한숨을 한 번 쉬고는 집으로 들어간다. 집에는 모든 불이 꺼져 있고 부모님 모두 자고 있었다. 가을은 엄마의 침실을 힐끔 쳐다보고는 방으로 들어간다.

주말 아침 가을은 엄마가 일어나기도 전에 일어나 옷을 갈아입고 도서관으로 향한다. 엄마는 평소대로 일어나 아침을 차리고 가을이를 부르러 가지만 가을이가 없는 걸 보고 한숨을 내쉬고는 아침밥을 치운다. 그리고 책상에 앉아 뭔가를 끼적이기 시작한다.

가을은 도서관에 갔다가 밤늦게 집에 들어왔다. 집에 불이 다 꺼져 있고 엄마가 없는 걸 확인한 가을이는 신난다는 표정으로 방으로 향한다.

그때 가을이는 자신의 책상 위에 있는 편지를 하나 발견하고는 펼쳐 본다.

가을이에게

안녕 가을아, 엄마야. 이렇게 편지 쓰는 거 정말 오랜만이다. 너 어릴 때는 생일 때마다 엄마랑 아빠가 편지 써 줬는데 요즘은 정신도 없고 너랑 얘기도 별로 안 하니까 저절로 안 적게 되네. 어제 엄마가 마음대로 가을이 일기장 봐서 가을이가 많이 화났잖아. 보려고 본 건 아닌데 너 방 청소하다가 봤어.

진심으로 미안해. 엄마는 항상 가을이 잘되라고 해 왔던 말들이 가을이를 힘들게 하고 집에 들어오기 싫게 만들 줄 몰랐어. 엄마랑 아빠가 가을이에게 잘하고 있다고 말 한마디 해 줬다면 가을이도 집에서 밝은 모습으로 지낼 수 있었을 텐데 그렇게 못 해 준 게 미안하고…….

지금 분명 힘든 시기일 거야. 그런데 엄마도 가을이만큼 조급하고 걱정돼서 칭찬보다는 잔소리만 더 한 거 같네. 정말 미안해, 가을아. 엄마랑 아빠는 가을이를 항상 응원하고 있단다. 잘 해낼 거라고 믿어! 지칠 때는 엄마한테 쉬어가 줬으면 좋겠다. 엄마가 불편하다면 친구들도 괜찮아!! 항상 응원하고 사랑한다. 우리 딸. 오늘은 가을이 집에서 마음 편하게 쉬어. 엄마랑 아빠 할머니 댁에서 자고 갈게.

편지가 무언가로 젖어가고 가을이는 화장실에 들어간다. 가을이가 화장실에 들어간 후 물소리가 한참동안 끊이지 않았다.

나에게 소설은 내가 쓸 수 없는, 작가만이 글을 쓰고 특별한 의미를 전달하고 사람들을 감동시키는 것이었다. 학교에서 나만의 소설 쓰기라는 활동을 한다고 했을 때 '내가 무슨 소설을 써. 말도 안 되지' 하고 생각했다. 소설을 쓰기 위해 내용을 찾고 있을 때, 선생님께서 소설에는 작가의 모든 삶이 녹아들어 있다고 말씀하셨다. 그 말을 듣고 내 삶 속에서 내용을 찾기 위해 내 삶을 돌아보았다. 나는 내 나이 아이들이 공감할 수 있는 '엄마'라는 주제로 소설을 쓰기 시작했다.

소설을 쓰면서 내 시선뿐만 아니라 엄마의 시선을 나타내려고 노력했다. 내가 문을 닫고 나갔을 때, 그 뒤에서 엄마는 어떤 표정이었을까. 평소에 생각해 보지 않았던 시선들을 생각했다. 그러면서 조금이나마 엄마의 마음을 공감할 수 있었다. 내가 엄마에게 듣고 싶은 말을 소설 속 엄마가 하면 내가 위로받는 느낌이었다. 결코 쓸 수 없다 생각했던 내 모습과 달리 내 이야기를 소설로 풀어내는 재미에 푹 빠져 소설을 썼다.

이 소설 쓰기 활동은 단순히 소설을 쓰는 것이 아니라 나 자신에 대해 한 번 더 생각하게 해 주었고 타인의 시선으로 그 상황을 객관적으로 볼 수 있게 해 주었다. 이 활동은 또 한 번 나를 성장하게 한 활동이다.

… 김효은

효은이는 소설에서도 드러나듯이 학교에서 정말 발랄하고 의욕이 넘치며 성격이 좋은 학생이다. 그런데 1학년 때부터 엄마와 갈등이 있다는 이야기를 들었다. 저렇게 좋은 아이의 어떤 면이 어머니는 마음에 안 드시는 걸까. 너무 욕심이 많은 어머니가 아닐까 싶었다. 그런데 소설을 읽고 이야기를 들어 보니 이해가 된다. 아이들 중에는 학교에서의 모습과 집에서의 태도가 다른 아이들이 있는 것 같다. 부모님이라 믿는 마음에서 그렇겠지만, 밖에서 마음대로 못 하던 것을 집에서 마음대로 표출해버리는 것이다. 쌀쌀맞게 말도 안 하고, 조금만 간섭해도 문 닫고 들어가고. 물론 부모의 지나친 기대나 간섭이 있을 수도, 또는 부모의 고루한 인생관이 아이와 안 맞을 수도 있다. 세상에서 가장 가까운 사이가 부모 자식 간이지만, 이것도 알 수 없는 인연이라 때론 참 궁합이 안 맞는 1촌 간도 있다. 서로가 서로에게 가장 큰 축복이요 선물이지만, 또 가장 힘겨운 짐이요 벽이라는 것. 어쩌면 부모는 자식을 키우면서 가장 많은 공부를 할 테고, 자식에게 부모는 어떤 형태로든 가장 큰 영향을 끼치는 사람이다. 부모와 자식은 서로에게 영원한 스승이다.

이 작품은 인물들이 주고받는 대화가 생생하고 갈등 상황도 개연성이 충분하다. 아마도 효은이가 겪은 이야기를 거의 사실대로 썼기 때문일 것이다. 소설을 쓰면서 자신의 행동과 심리를 반추해 보고, 엄마의 입장과 마음을 헤아려 본 것이 가장 큰 공부가 되었을 것이다. 그런데 결말 부분, 엄마가 편지를 써 주는 부분은 효은이의 소망이 담긴 상상이다. 아마도 본인이 엄마가 되면 이런 편지를 써 줄 수 있을 것 같단다. 적어도 이런 소설을 쓴 적이 있으니 청소년의 입장에서 마음을 헤아리려 애쓰는 어른이 되리라 믿는다.

그런데 부모와 청소년기 자식의 갈등은 대부분 공부 때문이다. 경쟁이 극도화된 사회 환경이 부모와 자식의 관계도 이렇게 불안하고 불편하게 만든다. 욕망과 의무의 대립, 자유와 강제의 역설은 모든 기성세대와 청년세

대가 부딪히는 지점이다. 인생은 어느 하나만으로 살아
갈 수 없는 것이니 갈등은 영원할지 모른다. 그래도 부
딪히고 화해하고 또 부딪히고 풀어지면서 부모도 자식
도 둥글둥글 원만한 인격으로 성장해갈 것이다.

　　　　　　　　　　　　　　　　… 조향미

또또

유소이

"여기가 어디지⋯⋯."

사방에서 자동차 소리가 들린다. 귀를 울리는 경적 소리에 나는 깜짝 놀랐다. 웅성웅성 알아들을 수 없는 말소리까지 합해져 어지럽기만 하다.

"얘로 주세요. 제일 귀엽네."

그때 위에서 커다랗고 투박한 손이 내려와 형제들과 꼬물꼬물 엉켜 있는 나를 들어 올린다.

"5만원이에요."

입에서 쉰내가 나는 이 할머니는 바로 나와 형제들을 엄마와 갈라놓고 이곳에 데려온 사람이다.

'우리 엄마 이리 내!'

나는 엄마를 보고 싶은 마음에 분함을 담아 있는 힘껏 발버

둥 쳤다. 하지만 나의 노력은 가소롭다는 듯이 무시당한 채로 아줌마 손에 넘겨졌다. 아줌마는 나를 안고 회색 자동차에 탔다. 무섭고 당황스럽다. 처음 보는 커다란 사람들이 있다. 뒷자리에 앉은 어린 여자아이 하나가 나를 보고 좋아라 한다. 아줌마보단 작고 부드러운 손이 나를 막 쓰다듬는다. 빨리 엄마랑 형제들 곁으로 돌아가고 싶다.

나는 작고 아늑한 집에 도착했다. 여기는 신기한 물건이 잔뜩 있다. 호기심에 이곳저곳 돌아다니며 냄새 맡고 장난쳤다. 아줌마가 어린 여자아이와 함께 다가와 밥을 주었다. 나는 배가 많이 고팠기 때문에 정신없이 밥을 먹어 치웠다. 그런 나를 다정하게 만져 주던 아이가 나는 마음에 들었다. 밥을 다 먹자 나는 그 아이와 놀기 시작했다.

"또또야, 또또. 니 이름은 또또야. 알겠지? 나는 네 언니야."

그 이상한 이름은 뭔가 싶었지만 이 아이가, 아니, 언니가 나를 많이 예뻐해 주는 것 같아서 기분이 좋았다.

"멍멍멍!"

"엄마. 강아지가 이름이 마음에 드나 봐."

아줌마 아저씨의 웃음소리가 들린다. 언니의 엄마와 아빠를 보니 나도 우리 엄마가 보고 싶어졌다.

어느새 내가 이 집에 와 새로운 가족이 된 지도 꽤 지났다. 그사이 나도 언니도 많이 자랐다. 나는 이제 언니가 시키는 것들을 제법 능숙하게 할 수 있다. 언니는 나에게 앉기, 기다리기, 두 발로 걷기, 화장실에 볼일 보기, 공놀이하기를 가르쳐 줬다. 나는 이런 것들을 배울 때 태어나 처음 맛보는 맛있는 것들을 먹을 수 있었는데 나는 그게 너무 좋아서 열심히 했다.

나는 거실에서 잠을 잔다. 그리고 항상 엄마가 부엌에서 음식을 하는 소리와 냄새에 잠을 깬다. 언제 맡아도 맛있는 냄새다. 아, 여기서 엄마는 사람 엄마다. 나는 더 이상 엄마의 얼굴이 생각나지 않는다. 그러니 이제 아줌마는 나에게 엄마나 다름없다. 음식 냄새를 쫓아 엄마 다리 밑을 맴돌다 보면 언니가 일어난다.

"또또야, 잘 잤어?"

언니는 식탁에 앉기 전에 항상 내 머리를 만져 주는데 나는 그 손길이 언제 만져 줘도 좋았기 때문에 언니 방 앞에서 언니를 기다리는 게 중요한 일과가 됐다. 야단을 떨며 나갈 준비를 하던 언니가 집을 나가고 나면 순식간에 집이 조용해진다. 그럼 집엔 엄마와 나만 남지만 요즘엔 엄마도 자주 어딘가로 나가버린다. 그러면 정말 나만 남게 된다. 나는 언니가 다시 집에 돌아오기까지 기다리는 게 너무 힘들다. 집은 내가 뛰기엔 너무 좁고 또 여기서 마음껏 목소리를 내어서도 안 된다. 게다가 아무도 나와 놀아 주지 않는다. 그럴 때 내가 시간을 죽이는 방법이 있다. 나는 소파에 가서 내가 어제도 그제도 물어뜯어 놓은 곳을 다시 물어뜯고 손톱으로 긁는다. 소파 말고 벽지, 가구도 나에게 아주 좋은 장난감이다. 그리고 외로움에 사무쳐 한참을 울부짖다가 일부러 화장실 앞에 볼일을 본다. 그러다 문득 배가 고파지면 집을 뒤져 음식을 찾아 먹고 휴지를 뜯고 놀다가 결국 현관 앞에서 가족들을 기다리다 지쳐 잠에 든다.

뚜벅뚜벅.

발자국 소리에 잠이 깼다. 혹시 언니가 아닐까, 힘껏 언니를 불러 보지만 역시 아니었다. 서러운 마음에 나는 괜히 눈앞에 있는 신발을 질겅질겅 물어 씹고 애꿎은 휴지를 괴롭혔다. 더 이상 할 것이 없으면 나는 자주 안방 침대 밑으로 가서 숨는다. 아무도 나를 찾지 않지만 그곳에 숨는다. 그리고 나만의 영역인 그곳에 집 안에서 주워 온 내 장난감들을 쌓아 놓는다. 냄새나는 양말과 보들보들한 인형과 나로선 무엇인지 알 수 없는 물건들을 가지고 놀다 보면…….
띠 띠 띠 띠.
일정한 리듬이 들리고는 보고 싶고 그리웠던 언니와 엄마가 돌아온다.

"다녀왔습니다!"

언니의 목소리다. 몸이 반사적으로 달려 나간다.

'나 너무 심심했어. 보고 싶었어!'

"왈왈왈! 왈왈!"

언니랑 엄마가 나를 마구 쓰다듬어 준다. 둘도 내가 많이 보고 싶었던 게 틀림없다. 하지만 곧 엄마의 불호령이 떨어진다. 집 안을 난장판으로 만들었다며 나에게 혼을 내지만 괜찮다. 이제 가족들이 돌아왔으니까. 나는 언니 곁을 졸졸 따라다니며 언니가 하는 것을 관찰하고 틈만 나면 장난을 건다. 언니랑 놀다 보면 서운했던 마음이 눈처럼 녹는다. 또 집 안에 맛있는 냄새가 한가득 퍼지고 다 같이 저녁상을 차리면 아빠도 돌아온다. 아빠는 항상 들어오는 모습밖에 못 본 거 같다. 오랜만에 보는 아빠를 있는 힘껏 반겨 주어야겠다. '아빠!'

"왈왈!"

갑자기 어느 날 새벽 엄마가 몹시 아파했다. 그러곤 엄마가 사라졌고 대신 처음 보는 할머니가 마치 엄마처럼 우리 집에서 지냈다. 며칠 후 오랜만에 엄마가 집으로 돌아와서 너무 기뻤다. 엄마 품에 안긴 그것을 보기 전까지.

엄마랑 아빠랑 언니는 그것을 '아기'라고 불렀다. 엄청 작고 새빨갰다. 다들 그 아기를 예뻐했다. 이제 나와 놀아 주던 시간에 아기를 둘러싸고 앉아 아기만 바라보고 아기랑만 놀았다. 이제 아기 밥을 챙겨 준다고 내 밥을 까먹는 일은 예사다. 가족들이 나를 잊은 것만 같다. 우리 가족을 아기에게 뺏긴 기분이 들어 화가 났고 속상했다. 아기를 질투했다. 엄마가 아기를 안고 있으면 나도 엄마에게 가서 애교를 부리고 장난을 쳤다. 그렇게 하면 나를 예전처럼 예뻐해 줄 거라고 생각했는데 엄마는 아기를 공격할지도 모른다며 나를 방에 가둬 놓았다. 캄캄한 어둠 속에서 나는 아무것도 보이지 않았다. 그저 울었다.

"끼잉…… 낑."

그날 이후로 나는 아기가 미워졌다. 너무너무 싫었다. 그런데 누워서 꼬물거리던 아기가 이제 제법 컸다고 집 안을 기어 다닌다. 그 모습이 마치 나와 비슷해서 신기했다. 나를 예전만큼 좋아해 주진 않지만 시간이 지나면 가족들이 다시 나에게 사랑을 줄 것이다. 그렇지만 행복하지 않았다. 나도 내 마음을 모르겠다.

그날도 가족들이 아기와 놀고 있었다. 나는 아기를 보고 웃는 언니 옆으로 가서 앉았다. 그때였다. 갑자기 나를 향해 무언가 날아와서 내 코를 때렸다. 아프고 놀란 마음에 그것을 입으로 앙 물어버렸다. 가족들의 비명 소리가 들렸고 아기는 '으아앙' 하고 울기 시작했다. 이런…… 실수를 한 것 같다. 그때 아

빠가 나를 휙 들어 올려 또 무섭고 깜깜한 방에 내려놓았다. 언
니나 엄마가 나를 구해 주길 바라는 마음에 둘을 보았다. 엄마
는 아기를 달래며 나갈 준비를 하느라 바빴고 문 앞엔 매우 화
가 난 아빠가 있었다. 그리고 그 뒤로 난생처음 보는 표정을 한
언니가 서 있었다. 한밤중이 되어서 돌아온 가족들은 몹시 지
쳐 보였다.

　다음 날 침대에 누워 있는 아기가 보였다. 나는 미안한 마음
에 사과를 하러 다가갔다.

　"안 돼."

　차가운 목소리로 언니가 내 앞을 가로막았다.

　나는 며칠 지나지 않아 다른 집에 보내지게 되었다. 내가 보
내지던 날 아침 아빠는 자고 있던 나를 들어 회색 차 안에 태웠
다. 내가 이 집에 처음 오던 날 탔던 그 차다. 아빠는 아무 말 없
이 나를 이곳에 데려다줬다. 여기는 언니네 할아버지의 집이
라고 한다. 나는 이제 할아버지, 할머니와 지내게 되었다. 이곳
은 넓은 마당이 있어서 뛰어놀기 좋아 보였다. 하지만 좀처럼
나가 놀고 싶은 마음이 들지 않았다. 만날 먹고 싶던 밥도 먹
기 싫어졌다. 언니랑 놀 때 썼던 장난감들도 보고 싶지 않았다.
그 장난감을 보고 있으면 나랑 놀아 주던 언니가 떠올랐고, 세
상에서 가장 따뜻하고 기분 좋은 언니의 손길이 떠올랐고, 곧

이어 생각하고 싶지 않은 언니의 목소리와 행동이 떠올라버렸다. 아무것도 하지 않고 구석에 엎드려 있기만 했다.

"어어, 아무것도 안 해. 밥도 안 먹어. 축 늘어져서는……. 응. 어, 그래."

할머니가 전화 통화를 하는 소리가 들렸다. 이제 아무런 호기심도 생기지 않는다. 신경 쓰지 않고 잠에 빠져들었다.

또또야, 또또야.

언니의 목소리에 눈을 떴다. 하지만 내 눈앞에 낯선 집 안과 아직 어둑어둑한 창밖밖에 보이지 않는다. 가슴 털이 한 움큼 빠진 듯 텅 빈 기분이다. 몸을 일으켜 천천히 집 안을 돌아다녔다. 있을 리 없지만 혹시라도 가족들의 냄새를 맡을 수 있을까 하는 마음에 이곳저곳 구경했지만 역시 온통 처음 맡는 냄새뿐이다. 돌을 삼킨 듯 마음이 무겁다. 다시 자리에 앉았다. 아무 생각도 떠오르지 않는다. 그때 할머니가 거실로 나오셨다. 할머니는 내가 안쓰러운 듯 나를 쓰다듬어 주시곤 어딘가로 가셨다. 아무렴 어떤가. 우리 가족들이 없는 이 집은 나에게 아무 의미도 없다. 그때 아빠 차가 생각났다.

'그래. 아빠를 찾으면 다시 돌아갈 수 있을 거야.'

갑자기 힘이 난다. 내 마음속에 희망이 생겨났다. 현관문 옆에 마당으로 가는 유리문이 살짝 열려 있는 것이 눈에 들어왔다.

'저기로 나간다면, 우리 아빠를 찾는다면…… 나는 다시 집으로 돌아갈 수 있어.'

마당으로 발을 내디뎠다. 살랑살랑 바람이 나를 스쳐 지나갔다. 서서히 떠오르는 해님이 보인다.

'아빠 냄새쯤은 내 코로 충분히 찾을 수 있어.'

가족들과 만나겠다는 의지와 희망이 나를 자신감으로 가득 채워 줬다. 그저 눈앞에 보이는 길로 나아가기 시작했다. 저 골목을 돌면 아빠 차가 있을 거라는 믿음으로…….

벌써 밤이 되었다. 할머니 집으로부터 얼마나 걸어왔는지 모를 만큼 왔다. 아무것도 먹지도 마시지도 못해서 다리가 후들거린다. 아까 낮에 아이들이 던진 돌에 맞아 온몸이 아프다. 이제 그만 할머니 집으로 돌아가려고 했지만 도대체 어디로 왔는지 어디로 가야 할지도 모르겠어서 이 반복되는 골목길을 하염없이 걷고 있다. 어쩌면 정말 가족들을 볼 수 없을지도 모른다는 생각에 힘이 빠져 몸이 움직여지지 않는다. 움직이고 싶지 않은 것일지도 모르겠다. 머릿속은 아무것도 떠오르지 않는다. 그때 구석진 곳에 낡은 종이 박스가 놓여 있는 게 눈에 들어왔다. 일단 저곳에서 잠시 쉬어야겠다. 몸을 누이자마자 잠이 쏟아진다. 눈꺼풀이 감기고 스르륵 잠에 빠져들었다.

'꿈속에서 가족들을 만난다면 좋겠어.'

"어머, 여기 강아지가 있네. 어쩜 좋아. 버림받았나 봐."

사람 말소리에 잠이 깼다. 흐릿하게 여자 두 명이 보인다. 하지만 눈이 잘 떠지지 않고 머리가 돌처럼 무겁다.

"아파 보여, 어떡해. 우리가 얘 키우면 안 돼?"

"일단 동물병원에 데려가 보자."

언니같이 단발머리인 여자가 나를 들어 안았다. 오랜만에 느껴 보는 사람의 온기다. 갑자기 서러운 마음과 그동안 힘들었던 것이 떠올라 눈물이 핑 돈다.

'누군가의 곁이란 이렇게 따뜻한 것이구나.'

내 경험을 바탕으로 한 소설 쓰기라는 과제가 주어지자마자 나는 내가 키웠던 강아지를 떠올렸다. 어릴 때 만나서 정이 많이 들었는데 제대로 이별의 인사도 못 하고 영영 떠나보내서 그 뒤로 TV나 길거리에서 같은 종의 강아지만 봐도 가슴 한쪽이 욱신거리고 여태껏 마음에 걸렸다.

'경험을 바탕으로 한' 소설이지만 소설은 소설이기에 어디까지를 실제 이야기로 하고 어느 정도 상상을 추가해야 하는지가 애매하고 어려웠다. 그래서 내가 그동안 읽었던 소설이나 문학 시간에 배운 소설 〈그렇습니까? 기린입니다〉 〈날개〉를 떠올려 보았다. 그러고는 내가 지금껏 소설을 읽을 때면 항상 장면을 머릿속으로 상상하면서 읽었다는 사실을 떠올렸다. 그래서 내 소설을 쓸 때도 읽는 사람이 생생하게 장면을 떠올릴 수 있고 이야기가 잘 이어진다고 느꼈으면 좋겠다는 생각으로 써 내려갔다.

나는 항상 재밌는 상상이나 의미 없는 공상들을 머릿속으로 떠올렸다 흘려보내곤 했다. 이렇게 글로써 눈앞에 표현한다는 것은 처음 하는 일이었다. 비록 그 결과가 완벽하게 내 마음에 들지는 않았지만 그 자체로 의미 있었다. 글 쓸 때 많이 부끄럽기도 하고 오글거리기도 했는데 생각보다 진지하게 임하는 친구들의 모습이 인상 깊었다. 그리고 드디어 내 강아지와 이별의 인사를 나눈 기분이 들어 한편으로는 홀가분하기도 하다.

이런 경험이야말로 희귀하고 값진 경험이라고 생각한다.

··· 유소이

하루에도 수십 종의 생물종이 멸종하고 야생동물은 삶터를 잃어가고 있는데, 인류는 그 어느 때보다 반려동물을 많이 키우고 있다. 노동력이나 식용이 아니라, 생의 반려자로서 동물이 인간 곁을 차지하게 된 것은 아이러니하기도 하다. 개와 고양이가 절대 다수를 차지하는 반려동물. 반려동물에 대한 사랑이 커지면 다른 동물, 생명체에도 관심과 사랑이 뻗쳐갈까? 그러면 좀 더 지구의 다른 생명체를 존중하고 자연을 지키는 삶의 방식을 택하게 될까?

어쨌거나 어디에서나 흔하게 볼 수 있는 개와 고양

이. 집에서 키우고 있는 학생들도 많아 동물 이야기를 소설로 쓰고 싶다는 아이들이 여럿이었다. 이 소설도 그중 하나다. 먼저 사람의 시점이 아니라 강아지의 시점으로 쓴 것이 눈에 뜨였다. 어렸을 때 경험한 이야기라고 했다. 처음에는 시골집으로 보내진 강아지가 집을 나가는 장면에서 끝난 것을, 그 뒤에 어떻게 됐을까 상상해서 좀 더 써 보라고 했더니 새로운 가족을 만나는 이야기로 끝을 냈다. 강아지가 혼자서 가족들을 기다리는 장면, 시골집으로 내쫓겨서 우울해하는 장면을 읽으면서 먹먹했다. 소이가 강아지의 마음을 절절히 떠올리고 공감하며 썼다는 걸 알겠다. 마무리 문장이 좀 허전하고 아쉬운데 이 이상 지어낼 수는 없었기 때문이 아닐까 싶다. 사실 마지막 장면은 희망 사항이니까…….

… 조향미

이 또한
지나가리라

이동규

'쏴아아아…….' 보일러가 잘 돌아가지 않아 물이 차가웠다.
마치 빙하시대에 온 듯했다.

"엄마! 보일러 틀어진 거 맞아?"

엄마가 말했다.

"이상하네, 왜 이러지?"

몇 분 뒤에야 나는 따뜻하게 온몸을 씻을 수 있었다. 평소와
다름없이 교복을 입고 아침을 먹으러 거실로 나갔다. 잠결에
흘려듣긴 했지만 정확했다.

"여보, 이상하네. 배에 혹이 또 생겼나?"

아빠가 대답했다.

"산부인과 한번 가 보자."

아무런 생각 없이 등교를 하고, 학원을 끝낸 9시였다. 휴대

폰의 진동이 내 바지 주머니를 흔들었다. 아빠였다. 나는 전화를 받았다.

"여보세요?"

"아들, 엄마 병원에 가 봤는데 큰 병원으로 가야 돼서 지금 서울에 왔어. 오늘은 집에 못 들어갈 거 같으니까 학원 마치면 바로 집 들어가서 씻고 빨리 자. 미안해, 갑자기 이래서."

나는 아무 생각이 없었다. 그저 오늘 집에 혼자라는 것이 좋았다. 집에 오니 역시 아무도 없었다. 집은 동굴처럼 어두웠다. 이땐 몰랐다. 집이 너무 어두웠다는 걸…….

'띠리리링' 하고 울리는 전화벨 소리가 집 지붕을 날아가게 할 정도였다. 아빠였다.

"아들 일어났니? 엄마가 병원에 입원해야 돼서 아빠가 오늘 짐 가지러 집에 갈 거야. 학교 잘 갔다 오렴!"

나는 놀랐다.

"엄마 몸 많이 안 좋아요?"

"아직 잘 모르겠다. 정밀 검사를 받아 봐야 할 것 같아. 혹은 아닌 것 같다고 하시더라."

'혹이 아니면 뭐지? 엄마 몸이 많이 안 좋은가……? 검사 결과 잘 나오겠지?' 두려웠다. 내 머릿속은 생각이라는 낙서로 가득 찬 메모장 같았고, 심장은 금방이라도 몸을 뚫고 나올 것만 같았다.

학교를 마치자마자 엄마에게 전화를 했다.

"엄마, 어떻게 됐어?"

"엄마가 난소암에 걸린 것 같아."

너무 놀라서 심장이 덜컥 내려앉았다.

"암이라고?"

"응, 너무 걱정하지 마. 항암 치료 잘 받으면 잘 낫는대. 민준이는 민준이 할 일 열심히 하고 있으면 돼. 엄마 치료 잘하고 갈게. 아, 맞다! 엄마 지금 집 가고 있으니까 좀 있다 보자."

놀란 나를 다독여 주려는 걸까. 엄마는 너무나도 침착했다. 그 덕에 나는 나도 모르게 안심이 되긴 했다.

"엄마 왔어."

집에 오니 엄마와 아빠가 짐을 싸고 있었다. 짐을 다 싸고, 며칠 동안 보지 못하니 옆 라인에 사는 막내 이모의 집에서 밥을 먹으라고 하셨다. 그러고는 다시 서울로 가야 돼서 엄마와 한 번 안았다.

"조심히 갔다 와요. 매일 전화할게요."

"그래, 아들."

엄마가 답했다. 엄마는 웃고 있었지만, 눈꼬리는 내려가 있었다.

"밥 잘 챙겨 먹어라."

172

아빠가 말했다. 왠지 모르게 아빠의 말에는 미안함이 묻어 났다. 내 마음속의 감정 하나하나가 울부짖는 듯했다. 하지만 그런 감정이 부끄러웠던, 사춘기였던 나는 아무렇지 않은 듯 밝게 인사를 했다.

겨울방학이 되었다. 집에는 역시 혼자였다. 우울증에 걸린 듯했다. 혼자 난소암이 뭔지도 알아보고, 치료율도 찾아보곤 했다. 그리고 혼자여서 그런지 온갖 생각을 다 했다.

'엄마가 죽으면 어떡하지? 나 혼자 어떻게 살아가지……'

혼자 엄마의 죽음을 상상도 해 보면서 많이 울었다. 남에게 보이긴 부끄러웠다. 그래서 내 주변 아무에게도 말하질 않았 다. 여자 친구와 있어도 '암'이라는 단어만 머릿속에 맴돌았다. 너무 우울해서, 그래서 여자 친구에게 정확하게 내 상황을 말 해 주지 못하고 이별을 통보했다. 많이 미안했다. 그 여자 친구 는 아마 쭉 내가 엄마를 팔아서 이별을 하자고 한 줄 알지도 모 른다.

며칠 후 엄마의 수술하는 날이 잡혔고, 점점 다가올수록 나 의 걱정도 커져만 갔다. 내가 할 수 있는 건 없었지만 최선을 다해 공부하는 것이 엄마의 마음을 편하게 하는 거라고 생각 했다. 엄마가 아파서 철이 든 것일까……. 의사가 되고 싶었다. 방학 동안 일주일 내내 아침 9시부터 저녁 10시까지 공부만

173

했다. 죽어라 공부만 해서 당당하게 의사가 되어 엄마의 병을 내가 직접 치료해 주고 싶었다. 집에서 혼자 설거지도 해 보고 빨래도 해 보았다. 그래도 아직은 엄마의 품이 많이 그리웠다.

엄마가 수술하는 날이었다. 공부에 집중도 되지 않았고, 걱정만 가득했다. 수술하시다 힘들어서 돌아가시는 건 아닌지, 혹여나 의사가 돌팔이라 수술이 망한 건 아닌지, 안절부절 아빠의 전화만 기다렸다.

드디어, 핸드폰이 울렸다. 아빠였다.

"민준아 공부하고 있니?"

아무렇지 않은 듯 대답했다.

"당연하죠. 수술은 어떻게 됐어요?"

아빠가 말했다.

"난소암 말기라 수술이 많이 오래 걸렸더구나……."

아빠의 말끝이 흐려져 아무 말도 못 한 채 내 눈앞이 흐려졌다.

"그래도 수술은 성공적이라고 하셔서 다행이다."

놀란 가슴이 조금 가라앉고 안심이 되었다.

"다행이네요."

"그러게 말이다. 나중에 영상통화 하자꾸나."

아빠가 말했다.

"네!!"

아빠와 영상통화를 하였는데 엄마의 손에는 링거, 배에는 호스같이 생긴 주머니가 달려 있었다. 엄마가 너무 불쌍했다. 차라리 내가 대신 아프고 싶었다. 엄마의 곱던 머리카락도 다 빠지고 마치 대리석같이 빛나는 머리만 덩그러니 남아 있었다. 그래도 엄마가 예뻤다.

엄마는 수술 후 천천히 걸어 다니기 시작했고, 방학이 끝날 때 즈음 집에 돌아왔다. 엄마는 계속 침대에만 누워 계셨고 내가 엄마가 된 느낌이었다. 배에 꼽고 있던 주머니에는 엄마의 살점이 떨어져 있었다. 너무 무섭고 충격적이었지만 아무렇지 않은 듯이 행동했고, 항암 치료의 부작용으로 인한 손발 저림을 조금이라도 낫게 해 주려고 손과 발을 주물러 드렸다.

그러던 어느 날 고모와 고모부가 유명한 족발집에서 족발을 사서 집에 오셨다. 평소에 그렇게 족발을 좋아하시던 엄만데 한 입도 드시지 않고 계속 누워 계셨다. 나와 누나만 족발을 먹고 있었다. 먹다가 흠칫 눈물이 차올랐다. 소변이 마려운 척 화장실로 가 눈물을 닦고, 아무 일 없었다는 듯이 돌아와 다시 족발을 먹었다. 고모와 고모부가 가시고 나는 혼자 방에서 서글프게 울었다. 소리 내며 울었다. 아니, 소리를 막아도 소리가 나왔다. 괜히 엄마에게 걱정 끼치지 않으려고 이불 속에서 소리가 새어 나가지 않게 울었다. '엄마가 그렇게 좋아하시던 족발인데…… 얼마나 아프면 얼마나 힘이 없으면 한 점도 먹지 않고 누워만 계실까……'라는 생각이 머릿속에 맴돌았다. 조금 진정이 된 것 같아서 세수를 하고 나왔는데 엄마가 있었다.

"민준아, 왜 울어? 사내자식이 말이야. 아직 애기는 맞나 보구나."

참고 또 참아 왔던 눈물이 하염없이 흘렀다. 고장 난 수도꼭지 같았다. 엄마의 품에 안겨 진심 어린 한마디를 했다.

"아프지 마, 엄마……."

숨이 넘어가면서 눈물 콧물이 다 나왔다. 그렇게 10여 분 정도 지난 후에야 제대로 진정이 되었다. 눈이 부었다. 격투기 선수에게 한 대 맞은 듯이 눈이 잘 떠지지 않았다. 하지만 눈이 부은 만큼 엄마와 나, 서로의 진심도 함께 부풀었다.

엄마가 최대한 편하게 있을 수 있게 나는 공부는 물론이고 집안일, 엄마의 마사지도 해 주며 정성스레 엄마를 간호했다. 엄마는 내게 미안했던 걸까 고마웠던 걸까, 자주 혼자 눈물을 훔치곤 하셨다. 그저 모른 척하는 것이 엄마에게도 나에게도 맞는 행동이라 생각해, 더 열심히 엄마를 간호했다. 가족 다 같이 서로 도우려고 나섰고 뿌듯함에 힘든 것도 까맣게 잊어버린 채 하루하루를 최선을 다해 살아갔다.

그러다 기적과도 같은 일이 벌어졌다. 나의 진심이 통했던 걸까, 의사 선생님께서 잘 치료해 주신 덕일까. 엄마는 점점 회복을 하였고, 우리 가족도 다시 밝아지기 시작했다. 그렇게 엄마는 두세 달에 한 번씩 정기 검사를 받으러 가다가 이제는 완치되었다. 물론 재발할 확률이 있어서 계속 검사를 받아야 하고 스트레스도 받으면 안 된다. 하지만 5년 이내에 재발하지 않는다면 거의 99퍼센트 완치나 다름이 없다고 하셨다.

　그렇게 찾아왔던 빙하기도 간빙기가 되어가고 있었다.

나는 국어라는 과목을 좋아하는 아이가 아니었고 글쓰기에는 더더욱 관심이 없는 학생이었다. 하지만 고등학교에 와서 문학 활동이 많아졌고, 저절로 문학에 관심을 갖게 되었다. 다양한 교내 문학 활동 중 '서평 쓰기'와 '시 외우기'가 소설 쓰기에도 도움이 되지 않았나 싶다. 우선 서평을 쓰기 위해 《나는 선생님이 좋아요》라는 책을 읽으며 내 작품에 솔직함을 더 드러낼 수 있었다고 생각한다. 어린아이의 심정이 담백하게 담긴 책이기 때문에 나의 청소년기 심정을 더 솔직하게 표현할 수 있었던 것 같다. 또, 실은 '시 외우기'는 처음엔 싫어하는 활동이었다. '시를 단지 외운다고 해서 뭐가 달라질까?'라는 생각만 자꾸 하게 되었다. 하지만 시를 외우기 위해 전반적인 내용을 이해할 수밖에 없었고, 점점 비유의 아름다움과 단어 하나하나에 함축되어 있는 의미 들이 내 심장을 두근거리게 만들었다. 이 활동을 하면서 표현에 더 신경을 쏠 수 있었던 것 같다.

소설을 쓰기 전부터 내 실제 경험을 바탕으로, 힘들었던 시기와 그 시기를 겪으며 내가 변화된 점, 성장한 점들을 구상했다. 곰곰이 생각한 끝에 어머니께서 몸이 많이 편찮으셨을 때를 소재로 삼기로 결정했다. 그렇게 내 첫 소설을 써가는 중 너무 몰입한 나머지 다시 그때의 기억이 떠올랐다. 고민하고 또 고민하며, 썼던 내용을 지우고 고쳐 쓰며, 마음이 먹먹해지기도 했고 몰래 눈물도 훔쳤다. 그 결과 내 솔직하고 순수한 감정이 묻어난 첫 소설이 탄생했다는 점이 뿌듯했고, 그때를 회상하며 감회가 새로웠다.

많은 문학 활동을 해 왔지만 소설을 써 보는 자체가 나에겐 최고로 흥미로웠다. 모든 사람은 또 다른 자신이 있다고 생각한다. 어떻게 보면 '소설 쓰기'란 활동이 또 다른 나를 발견하게 해 준 게 아닐까.

··· 이동규

이 또한 지나가리라. 유행어처럼 쓰이는 말이다. 그래, 모든 것은 지나간다. 이 세계에서 유일한 진실은 만물은 변한다는 사실이라고 헤라클레이토스라는 그리스 철학자가 말했지만, 굳이 철학자가 아니어도 누구나 알고 있는 진리다. 지나간다는 것은 쓸쓸한 일이고, 한편으론 축복이다. 변화하는 인간은 변화하지 않는 것을 견딜 수 없기도 하다.

그래도 그렇지. 처음 제목을 읽었을 때 열여덟 살 까불까불하는 머시매가 뭘 그렇게 지나 보내고 싶은 거지 싶었다. 동규는 외향적으로 보이는 이미지와는 달리 글을 좀 쓰는 애였는데, 어머니 이야기를 쓸 거라는 이야기만 들은 상태였다. 길지 않은 글을 단숨에 다 읽고는 아, 이런 일이 있었구나, 가슴이 찡했다. 무엇보다 병상의 어머니가 좋아하는 음식도 먹지 못하는 모습을 보고 욕실에서 숨죽여 우는 대목에서는 눈물이 핑 돌았다. 녀석이 이렇게 힘든 시간을 견뎌 왔구나. 그동안 글을 많이 써 왔지만 이런 이야기는 처음 드러냈다. 꽁꽁 묻어 둔 이야기를 이렇게 펼쳐 보여서 고마운 생각도 들었다.

소설은 세부 묘사가 생생하고 감정 전달이 잘되었다. 어머니가 수술할 때의 초조한 심정, 회복해가는 부분이 너무 간략하여 조금 더 보충하라고 조언했더니, 이야기가 좀 더 풍부해졌다. 이 글은 수필과 큰 차이가 없는 것으로 볼 수도 있지만, 소설이라는 형식을 취하니 대화나 심리, 사건 전개가 또렷하고 세밀해졌다. 어떤 그릇에 담는가에 따라 내용도 달라진다.

어린 시절 부모의 병이나 부재만큼 아이들을 힘들게
하는 것도 없다. 전적으로 부모에게 의지하고 있는 시기
인 만큼 그럴 수밖에 없는데, 아이는 인생에서 가장 큰
시련을 만난 것이다. 그러나 시련은 고통스럽지만 사람
을 부쩍 성장시킨다. 소설에서도 나오듯 동규는 이때부
터 비로소 제대로 공부를 했다고 한다. 온 가족이 어머
니―아내에게 의존해서 살다가, 함께 집안일을 하고 엄
마를 간호하며 각자 자립하고 협력하는 법을 배운다. 어
머니도 두려움과 불안을 겪었지만, 가족들의 사랑으로
위로받고 건강을 회복했다. 이 가족이 맞닥뜨린 가장 큰
고통은, 모두에게 성장을 위한 시련이었을 것이다.

… 조향미

씨앗
유학 이야기
넘어지는 것

내 길을
간다

씨앗

김봄

1

따뜻하지도, 차갑지도 않은 의자. 그리고 머리에 붙여져 있는 이상한 센서들. 아무 소리도 들리지 않는 이 방. 나는 여기서 무엇을 하고 있는 것일까. 이것을 하면 뭔가가 바뀌는 것일까.

삐 –

달칵.

문이 열리는 소리가 들렸다. 가습기 소리밖에 들리지 않는 이 방에 누군가가 들어왔다. 동시에 밖의 차가운 향기와 새콤한 바람, 그리고 소리들도 들어왔다.

"이제 눈뜨셔도 돼요. 센서들 다 떼어드릴 테니 편안하게 앉아 있으세요."

185

간호사 언니는 머리에 있는 센서들을, 그리고 머리카락에 묻어 있는 물질들을 하나하나 떼어 주었다. 나는 이 상황이 너무 불편했다. 그래서 가습기 소리에 집중을 하며 나 자신을 달랬다. 그때 가습기에서 나오던 하얀 수증기가 거대해지더니 나를 감싸 안았다. 그리고 나를 어디론가 데려갔다. 나는 그 하얀 것에 의해 앉혀지고 앞에 있는 또 다른 하얀 형체가 말을 한다. 뭐라고 하는 것일까. 듣기 싫다.

"주은 씨, 주은 씨?"

"아 네네, 죄송해요. 멍 때려버렸네요…….'

"피곤하신가 봐요. 그러니까 빨리빨리 진행할게요. 지금 주은 씨는 조금 위험한 수준의 우울 상태로 나왔고요. 뇌파검사 결과는."

의사치고는 젊어 보이는 사람이 뇌파검사 결과를 보여 주었다.

"이 빨간색이 보이시죠? 다른 부분은 다 정상인데 이 부분이 보통 사람들보다 조금 더 활발하게 움직여요. 이쪽 부분이 스트레스와 예민함을 담당하는 부분인데…… 그래서 남보다 스트레스 양이 조금 더 많을 거예요. 그래서…….'

다시 눈앞으로 하얀 수증기가 다가온다. 나를 덮는다. 앞이 보이지 않는다. 피곤하다.

나는 6학년 때부터 죽는 것에 대해 생각했다. 무슨 일이 있었던 건지는 기억이 나질 않는다. 아마 뇌가 기억 속에서 없애 버린 것이겠지. 어쨌든 그때부터 꾸준히 자해를 하며 살아왔다. 좋아하는 것은 없었다. 되고 싶은 것은 있었지만 기억 속에서 증발한 것인지 어디론가 가버렸다. 나는 의지할 곳도 없었고 워낙 성격이 예민하고 누구도 믿지 못하는 성격이라 혼자서 무거운 공기로 벽을 쌓았다. 물론 아무도 모르게, 가족도 모르게 말이다.

점점 죽고 싶다는 생각이 자주 들면서 2016년, 고등학교에 입학한 후에 많은 생각을 하게 되었다. 중학교에서는 정말 순둥순둥한 아이들만 있었기에 싸우는 일은 거의 없었고 서로를 욕하는 일도 잘 없었다. 하지만 고등학교는 달랐다. 친하다는 듯이 놀면서 뒤에서는 서로 남을 욕했고 자기가 한 일이 아니라는 듯이 남한테 넘기는 것도 많았으며 아이들을 감싸고 있는 분위기는 중학교의 아이들과 너무나 달랐다. 나한테 그런 일이 일어나지는 않았지만, 고등학교는 세상을 축소시켜 놓은 작은 세상이라고 생각했는데 그런 아이들을 보면서 이런 세상에서는 내가 살아남을 수 없을 것 같다는 생각이 끊이질 않았다. 그렇게 생각하기 시작하니 나는 나를 제어할 수 없을 정도로 심각해졌다. 순간적으로 멍을 때리다 정신을 차려 보면 칼이 손목을 스쳐 지나간 지 오래고 손목에서는 기다렸다는 듯이 피가 열매 맺히듯 송글송글 맺히다가 열매 터지듯 방울이 터지고 손목을 타고 떨어졌다. 어쩔 때는 잠시 산책하러 나왔을 뿐인데 정신을 차려 보면 옆 아파트의 옥상에 올라가 있었다.

그렇게 하루하루 숨을 쉬다가 1학년 때 충동적으로 학교에서 옥상과 가까운 창문으로 향하게 되었는데 겨우 이성을 되찾고 스스로 다독이다가 이렇게 가다가는 제어하지 못하고 가족한테 상처를 주게 되는 상황이 생길까 봐 한 번만 사람을 믿어 보자 하면서 상담실로 향했다. 물론 완전히 믿은 것은 아니고 약간의 얘기만 꺼내어 상담 선생님과 얘기를 나눴다. 또 마지막으로 절대 부모님께도 연락하지 말라고 부탁을 했다. 그러나 그 얘기는 엄마한테는 물론이고 담임선생님께도 전달되었다. 조금만 믿어 보자고 생각했던 인간이라는 생물한테 뒤통수를 맞았고 그렇게 완전히 문을 닫았다.

"너만 힘든 거 아니야. 뭐가 불행한데? 학생 때 뭐가 힘든데? 오히려 힘든 건 나야."

엄마는 울면서 나한테 화를 내셨다. 가엾은 우리 엄마. 우리한테 최대한 좋은 음식, 좋은 옷, 좋은 교육, 좋은 환경을 만들어 주려고 열심히 일했고 정말 우리를 사랑해 주셨다. 보험설계사로 엄청난 스트레스를 받으며 일하시는 엄마는 그렇게 노력을 했는데 딸이 이런 생각을 한다니 얼마나 충격을 먹고 허탈하셨을까. 또 이렇게 화를 내시고 방에서 심한 말을 해버렸다고 얼마나 울며 후회하실까. 이렇게 커버린 내가 너무 싫었다.

며칠 후 엄마한테 요즘은 괜찮다고 말했다. 그리고 집 안에서는 최대한 동생과 즐겁게 놀고 TV를 보며 크게 웃기도 하고 동생과 컴퓨터 게임도 하면서 즐거워하는 모습을 계속 보였다. 그런 식으로 하며 엄마한테 한 거짓말을 사실로 만들기 위해 혼자서 몰래 병원을 찾게 되었다. 그런데 보호자에게 전달이 된다고 해서 자살과 관련된 것은 다 빼고 우울증에 대해서만 조금씩 얘기하며 주기적으로 정신과를 찾아갔다. 물론 엄마한테는 좋아지고 있다고 말하면서.

2

"나 초대 좀 해 줘. 아 그리고 내가 이번에 서폿 간다. 니가 원딜 가."

"미쳤어? 나 서폿충이야."

그렇게 우리는 게임이 잡히기를 숨죽여 기다렸다.

짤깍짤깍짤깍.

타다닥-

"앗싸 내가 서폿이네. 그럼 난 화장실 갔다 올게."

"그래 시작하기 전에 빨랑 와."

중학교 친구와 피시방에 왔다. 내일 필리핀으로 해외 봉사를 가서 이 아이와 거의 일주일 동안 롤을 못 하기 때문이다. 그만큼 게임을 좋아한다. 아니 좋아한다기보다는 유일한 스트레스 해소법?

아, 여기가 화장실인가? 변기가 있는 곳으로 갔다. 그리고 변기 앞에서 고개를 숙이고 가슴을 툭툭 쳤다. 가래 같은 것이 나올 것 같아서 화장실에 왔는데 아무것도 나오지 않았다. 답답했지만 게임이 시작할까 봐 서둘러 친구에게로 돌아갔다. 우리는 그렇게 피시방의 키보드 소리, 마우스 소리와 함께 춤을 추며 하루를 보냈다.

3

전부터 해외로 봉사를 가 보고 싶었지만 지금은 딱히 생각이 없다. 하지만 이미 참가비를 냈기 때문에 고1 여름방학 끝나기 약 일주일을 남기고 교회 사람들과 함께 필리핀으로 가는 비행기에 올랐다. 정말 오랜만에 타는 비행기였다. 우리는 새벽에 출발해서 그런지 모두 다 헤롱헤롱한 상태였다. 그래서 앉은 지 얼마 안 돼 모두 잠에 빠졌다.

아침이 된 건가? 분명 새벽이라 아무것도 보이지 않았는데 바깥에서 빛이 들어왔다. 그런데 비행기 안에는 나밖에 없었다. 그리고 밖은 그저 뿌옇다. 빛은 있지만 뿌연 창문 밖. 계속 보다 보니 병원의 하얀 덩어리가 생각났다. 그때 본 하얀 덩어리는 무엇이었을까? 잠깐 현기증이 났던 것일까? 아니면 너무 졸려서? 지나간 일은 원래 잘 신경 쓰지 않는데 뭔가 머릿속에서 떠나지를 않는다.

 "주은아, 주은아."
 "일어나, 주은아."
 "으으. 도착한 거예요?"
 "어. 그러니까 나가자."
 "네에."
 아, 꿈이었구나.

 비행기에서 내리자마자 습하고 뜨거운 공기가 올라왔다. 습해서 그런지 뭔가 기분이 좋지 않았다. 그리고 피시방에서 느꼈던 답답한 느낌이 또 들었다. 하지만 이번에도 역시 그 답답함을 해결하지 못했다. 필리핀 공항을 나와서 기다리니 선교사님이 차를 끌고 오셨다. 트럭인데 비를 막을 수 있게 만들어진 트럭. 우리는 신기하다면서 빠르게 올라탔다. 마지막 목사님네 꼬마들도 다 타고 트럭이 출발했다. 우리들은 모두 필리핀의 풍경을 찍으며 필리핀이라는 나라에 적응하기 바빴다.

물론 나도!

폰으로 사진을 찍으면서 느낀 것인데 필리핀도 그렇게 못사는 나라는 아니었다는 것이다. 큰 건물은 정말 크고 예쁜 도로는 정말 예뻤다. 그리고 숙소에 도착하자마자 짐을 두고 선교사님이 계시는 교회로 가서 밤새도록 그다음 날 아이들과 함께할 노래와 춤을 연습했다.

"애들아 일어나."

쾅쾅쾅.

"네에에-"

우리들은 부스럭부스럭거리며 일어났다. 어제 딱히 한 것은 없는데 몸이 너무 무거웠다.

일어나자마자 우리는 바로 일을 시작했다. 아이들에게 줄 간식을 각각 하나씩 나누어 봉지에 담았다. 그리고 간식 나누기가 끝난 후 드디어 차가 출발했다. 가슴이 정말 두근거렸다. 우리가 지금 가는 곳은 어디일까? 아이들은 많을까? 어떻게 생겼을까? 장난기가 많을까? 혹시나 우리를 무서워하지는 않을까? 하고 생각했다. 물론 나만이 아니라 모두 다 그런 생각을 하는지 바깥을 바라보며 말없이 앉아 있었다.

덜컹. 끼익-

우르르 가면 하루 만에 끝내지 못한다고 하셔서 우리는 트럭에서 다 내린 후 갈 곳을 정하고 팀을 나눴다.

"여기서부터 시작이에요."

주위를 둘러보았다. 빈민촌 같았다. 집들은 방 한 칸 크기에다가 문도 없었다. 심지어 제대로 된 집이 아니라 나무판자를 붙여 놓은 조그만 집이었다. 아이들은 겨우겨우 누워 있었다.

"자, 그럼 갈게요. Come here, guys. It's time to study."

선교사님이 빠르게 걸으면서 크게 소리쳤다. 우리들도 뒤에서 소리쳤다. 그러다가 뒤를 보니 아이들도 뛰어나오고 있었다. 그 수는 엄청났다. 50명이 훨씬 넘었다. 그 아이들은 맛있는 것을 주니까 왔겠지만 이렇게 산 위까지 따라 올라온 것이 너무 사랑스러웠다. 그렇게 우리는 웃고 떠들고 이야기하며 성경 공부를 하고 과자를 나누어 주었다. 그런 사랑스러운 아이들을 보는데 갑자기 앞이 약간 흐려졌다. 가래인지 토인지 모를 무언가가 걸려 있는 느낌 같았다. 가슴이 너무 답답했다.

우리는 그렇게 일을 끝내고 다시 다른 팀들과 모였다. 얘기를 들어 보니 다른 팀들도 50명이 넘는 아이들이 따라왔다고 한다. 그리고 어떤 아이는 우리가 피부가 하얗다며 "뷰티풀 뷰티풀" 하며 따라오는 아이도 있었다고 한다. 너무 사랑스러웠다.

우리는 쉬지 않고 바로 가정방문을 하러 갔다. 이번에는 팀으로 나누지 않고 다 함께 갔다. 혹시나 이곳도 아까처럼 빈민촌 같은 곳이 아닐까 생각했는데 문은 잘 달려 있었다. 그리고 벽이 판자 같은 것이 아니라 제대로 된 벽이었다. 하지만 그렇다고 깨끗하다고는 할 수 없었다. 들어오면서 본 바퀴벌레만 다섯 마리가 넘었다. 그렇게 우리는 한 집에 들어갔다.

우리가 들어온 이 집은 학교의 화장실 여섯 칸 정도의 크기였다. 거기에는 소파와 장롱이 있었다. 사람이 살기에는 좁았다. 세 명 이상 있으면 꽉 찰 것 같았다. 여기서 어떻게 자는 것일까.

우리는 앉아 예배를 드리기 시작했다. 예배를 드리다가 주위를 둘러본 나는 놀라지 않을 수 없었다. 장롱 위에 꼬마들이, 어른들의 어깨 위에도 꼬마들이 있었는데, 아이들을 업은 어른들은 서서 자리를 채우고 있었다. 그 좁은 곳에 거의 30명 정도의 사람이 들어와 있었다.

그때 속에서 뭔가가 나오는 느낌이 들었다. 눈앞이 뿌옇게 흐려지고 입을 통해 하얀 덩어리가 나왔다. 하얀 덩어리가 나를 덮어서 앞을 볼 수가 없었다. 아니 앞을 볼 수는 있지만 모든 것이 하얗다. 뭐지. 뭘까. 이건 뭐지? 하며 그것들을 여기저기 헤치며 앞으로 나가려고 해 보았다. 하지만 앞으로 가면 갈수록 가슴이 아팠다. 뭐지. 뭘까.

'뭘까. 여기는……'

무섭다. 어떡하지…… 분명히 예배를 드리고 있었는데…….

"주은아."

누군가가 내 이름을 불렀다.

"누구세요?"
"……."

안 들리는 걸까. 그런데 누구일까. 많이 들어 본 목소리인데
……. 일단 확실한 것은 하얀 덩어리 밖에서 소리가 들리는 것
이다.

나는 가슴이 아프지만 계속해서 하얀 것을 파고들었다. 뭔
가 저 부름에 답해 줘야 할 것 같았다. 앞으로 나가고 나가고
나가다가 어떤 물체가 만져졌다.

'뭐지……?'

나는 그 물체를 감싼 하얀 덩어리를 벗겨 내려 했다. 그런데
가슴이 너무 조여 왔다. 아니 답답한 것인가? 하지만 이까지
온 거 그냥 벗겨 내야지 하며 마음을 잡고 팔을 내밀었다.

"엄마!!"

　그 순간 안에서 어떤 꼬마가 나를 엄마라고 부르며 달려 나와 나한테 안겼다. 그리고 내 주위를 덮고 있던 하얀 것들이 사라졌다. 밝아졌다. 너무 밝았다. 주위를 둘러보았다. 코끼리들이 뛰어놀고 있었다. 기린들이 나뭇잎을 뜯어 먹고 있었다. 고양이들이 바닥에 뒹굴거리고 있었다. 무지개가 있다. 하늘이 파랗다. 그리고 저 멀리에 사람이 서 있었다. 나는 무의식적으로 그곳으로 향했다. 한 걸음 두 걸음.

　눈물이 흘렀다. 눈물이 바닥을 덮었고 바닥에서 싹이 트고 그 싹이 나무가 되고 그 나무가 하늘과 땅이 되더니 나는 우리가 있던 그곳으로 떨어졌다.

　눈물이 멈추질 않는다. 이제야 눈이 크게 떠졌다. 그곳에 서 있던 사람은 나였다. 목소리도 내 목소리였다. 그리고 기억났다. 아프리카 아이들의 엄마가 되는 게 유일하게 꿈꿨던 일이라는 걸. 어떻게 그걸 까먹고 있었던 거지? 이제야 내가 이때까지 얼마나 깜깜한 길로 돌아서 걸어가고 있었는지 알았다. 눈물이 한 방울 한 방울 뺨을 타고 떨어졌다. 왜 눈물이 나는 것일까. 이제야 기억난 게 슬퍼서? 아니. 여기에 있는 사람들

196

이 너무 아름답고 사랑스러워서. 그리고 나를 다시 만나서.

4

"네. 그래서 이렇게 이번 봉사를 통해 남을 돕는 것도 정말 좋았지만 저 자신을 다시 만날 수 있어서 정말 좋았습니다. 다음에 이런 기회가 된다면 다시 참여하고 싶고 많은 사람들이 이런 봉사에 참여하면서 그런 아이들의 순수함도 배우고 자신이 가지고 있는 행복도 찾을 수 있는 시간을 가지면 좋겠습니다. 감사합니다."

발표를 끝내고 밖으로 나왔다. 이제는 답답한 느낌이 들지 않는다. 그리고 하얀 것도 보이지 않는다. 그리고 어둡게만 보이던 하늘이 푸르다. 노랫소리도 들려오고 향긋한 바람도 날 찾아오고.

띠리링 – 띠리링 –

"여보세요."

"주은아. 그래서 병원 예약 언제로 할까?"

"아, 엄마. 나 병원 안 가려구요."

"왜? 빨리 치료하는 게 낫잖아. 혹시 돈 생각하는 거면……."

"아니에요, 엄마. 이제 안 아파요. 그리고 뭔가 엄청 가벼워졌어요, 엄마."

그 전까지는 늘 어떤 글을 읽고 그 글에 대한 감상을 써내는 식의 수행평가를 했다. 이번엔 뜻밖에도 단편소설이었다. 장편소설을 읽고 8천 자 글쓰기나 서평 쓰기 같은 여러 글쓰기 활동을 하면서는 편하게 써 내려갔지만, 이번에는 약간 오래 걸렸다. 주제를 정하는 것이 너무 어려웠다. 나는 그냥 동화 같은 스타일을 좋아해서 처음에는 고양이와 달의 이야기를 써 볼까 생각했다. 선생님께서는 자신이 살면서 겪었던 일을 토대로 쓰는 것이 좋다고 하셨지만 무엇을 써야 할지 잘 몰랐다. 그때 선생님께서 내가 심한 우울증으로 힘들어했던 이야기를 쓰는 건 어떻냐고 하셔서 그 주제로 쓰게 되었다.

글을 쓸 때 얼마큼 드러내고 숨겨야 하는지 정말 고민했다. 그리고 적당히 써냈다고 생각했을 때 선생님께서는 조금만 더 보충하라고 하셨다. 너무 모호하다고 하셨다. 처음에는 조금 귀찮은 마음도 들었다. 하지만 소설을 써 본다는 게 살면서 마지막일 수도 있다고 생각해서, 하는 김에 열심히 해 보자 마음먹고 여러 내용을 추가해서 썼다. 소설을 쓴 후에 성취감도 성취감이지만 내가 겪었던 일들을 되돌아보면서 잊고 살았던 마음가짐이나 느낌들을 다시 기억해 낼 수 있었고 그때와는 다르게 성장한 나를 볼 수 있어서 정말 좋았다.

… 김봄

이 소설을 쓰는 것은 쉽지 않았다. 무엇을 쓸 것인가를 놓고 아이들과 일대일로 개별 면담을 했다. 2년째 가르쳤고, 글을 많이 보아 온 터라 아이들 저마다의 삶을 어느 정도 파악하고 있었기에 가능했다. 처음 만난 학생들에게서 자신의 삶을 드러낸 글을 끌어내기는 쉽지 않을 것이다.

이 소설을 쓴 봄이는 우울감이 아주 높아 위험할 수도 있다고 들었다. 물론 공공연한 이야기는 아니었다. 그러나 학생의 특성을 아는 것이 학생 지도에 필요하므로 어찌어찌 알게 된다. 글에서 그런 이야기가 조금씩 드러났다. 가끔 묻기도 했다.

"요즘 괜찮아?"

"예, 괜찮아요."

그러나 부러 하는 말인지 사실인지 알 수 없었다.

소설을 쓸 때 소재를 고민하는 아이한테 말했다.

"네 진짜 이야기 쓸 수는 없겠니? 너를 오래도록 힘들게 한 이야기. 가능하다면 그걸 최대한 솔직하게 한번 써 보면 좋겠다. 그게 네 마음이 회복하는 데도 좋을 수 있다고 생각해. 물론 쓰기 싫으면 안 써도 돼. 단지 네가 그 상태를 극복했다면 글로 써서 다시 마음을 정돈하는 것도 괜찮다고 봐."

아이는 처음엔 망설이는 듯했다. 그러더니 글을 써 왔다. 아주 모호하게. 너무 모호해서 무슨 이야기인지 알기 어려웠다.

"이렇게밖에 못 쓰면 할 수 없지만, 지금은 너무 모호해. 좀 더 분명하게 써 보면 어때? 자신을 똑바로 응시하는 것은 용기가 필요해. 그런 용기를 내 봤으면 좋겠다."

이렇게 말을 했지만 그걸 글로 드러내는 게 쉬울까 했는데, 며칠 지나 상당히 솔직하게, 처음에 비하면 훨씬 명료하게 글을 써 왔다. 기뻤다. 이렇게 글을 쓸 수 있다는 것은 그만큼 자기감정에서 벗어났다는 것. 자신을 객관화시켜 바라볼 수 있게 되었다는 말일 테니까. 글을 쓰고 나서 문집으로 발표할 때 조심스레 물었다.

"네 글 책에 실어도 되겠니?"

아이는 흔쾌히 말했다.

"괜찮아요. 이제 그런 마음에서 벗어난걸요."

"그래, 그럼 싣자. 이렇게 마음의 아픔을 가진 친구들도 제법 있어서 이런 글을 읽으면 용기를 얻을 수도 있을 거야. 내 이야기가 꼭 나한테만 해당하는 건 아니거든."

그렇게 공개된 글이다. 고맙다. 이 아이의 회복과 용기가.

… 조향미

유학 이야기

이성민

"진성아, 몸 조심해라. 방학 때 보자."

아버지께서 말씀하셨다. 살면서 처음으로 아버지 눈에 고인 눈물을 봤다.

"여보, 다녀올게요."

어머니도 우셨다. 앞으로 적어도 일 년은 떨어져 지낼 테니 당연한 건가. 그런데 나만 슬프지 않았다. 왜일까……. 심장이 뛰고 긴장되는 게 슬프기보단 설렌다.

"아빠, 다음에 봐……."

아빠를 못 본다 생각하니 조금 슬프긴 했다. 조금. 탑승 게이트가 열리고 나와 엄마는 무거운 마음으로 들어섰다. 멀어지는 아빠를 보며 만감이 교차한다. 갑자기 불현듯 내가 이곳까지 오게 된 일들이 주마등처럼 스쳐 지나갔다. 두 달 전 갑자기 미국에서 일하는 이모에게 전화가 한 통 걸려온 것이다.

"사랑하는 조카야. 이모 미국인 거 알지? 미국 와서 살아 볼래? 이모 있을 때 오는 게 편할 거야."

그때 왜 그랬을까. 한 치의 망설임도 없이 대답했다.

"그래. 미국도 가 보고 나야 좋지!"

엄마는 내 대답을 듣고서는 진지하게 이모와 미국 유학에 대해 고민했다. 그러고 얼마 뒤 엄마는 내게 말씀하셨다.

"진성아, 네가 지금 5학년이잖아. 사람들이 그러는데 유학은 어릴 때 가면 더 좋다더라. 엄마랑 가서 미국에서 살아 보자. 다 사람 사는 곳 아니겠니?"

좋았다. 일단 나는 외국에 나가는 게 좋았다. 하지만 이를 어쩐다. 미국은 영어를 쓰지 않나? 난 영어를 못했다. 심각하게 말이다. 영어 학원에 가면 나보다 두 살 어린 아이들과 함께 수업 받을 정도로 영어에는 자신이 없었다. 이런 나에게 엄마는 특단의 조치를 취하셨다. 바로 영어 과외였다. 물론 두 달간 영어 공부만 하며 유학을 준비했지만 소용없었다. 영어에는 흥미도 관심도 재능도 없는 나는 결국 영어의 영 자 겨우 아는 상태로 지금 이 자리까지 와버린 것이다. 엄마와 나는 그대로 로스앤젤레스행 비행기에 올라탔다. 비행기에는 한국인 반 외국인 반이었다. 외국인들이 영어로 말하는 것을 보니 갑자기 두려움이 마음속에 피어났다.

'아, 망했구나. 왜 미국을 가자고 해서는…….'

하지만 이미 비행기는 이륙한 후였다. 이제 피할 수도 없이 열한 시간 뒤면 낯선 미국 땅에 있을 내가 떠올랐다. 비행기의 좁은 좌석에 앉아 미국은 어떤 모습일까 생각했다. 금발의 미국인, 헐리우드 간판, 햄버거, 피자, 자유의 여신상……?

"진성아, 일어나라. 이제 진짜 미국이야."

엄마가 잠든 나를 흔들어 깨웠다. 승객들이 좌석에서 일어나 짐을 챙기느라 혼잡한 비행기 안에는 출발할 때와는 다른 공기가 채워진 것 같았다.

비행기에서 내려 사람들을 따라간 곳에는 입국심사가 기다리고 있었다. 나는 입국심사대에 있는 미국인을 보자마자 머릿속이 하얘졌다. 내 차례가 다가올수록 심장박동이 요동쳤다. 시간은 빠르게 흘러 길었던 줄이 사라지고 어느덧 내 차례였다. 파란 눈의 미국인 앞에 서서 귀를 쫑긋 세우고 미국인의 질문에 집중했다. 이게 웬일인가? 분명 살면서 외국인은 처음 만나보는데도 질문을 들으니 대충 무슨 말인지 알 것 같았다. 하지만 진짜 문제는 다음이었다. 영어라곤 한마디도 못 하는 나는 입도 뻥긋하지 못했다. 뒤에서 기다리는 사람들을 보자 머릿속이 새하얘져 더욱 말이 나오지 않았다. 결국 미국인은 어쩔 수 없다는 듯이 한국인 직원을 불렀다. 한국계 미국인

직원의 친절한 통역 덕분에 무사히 입국심사대를 빠져나올 수 있었다. 순간 영어 공부의 필요성을 깊게 깨달았다.

'아…… 학원에서 수업 열심히 들을걸…….'

공항 출구를 벗어나자마자 뜨거운 공기가 우릴 반겼다. 한국의 8월과 사뭇 다른 뜨거움이었다. 강한 햇볕에 눈이 따가웠다. 그곳에는 차를 가져온 이모가 우릴 기다리고 있었다.

"오는 데 안 힘들었어? 이제 진짜 미국 생활 시작이야. 아메리칸 라이프!"

차 안에서는 영어로 된 라디오 방송이 흘러나왔다. 창밖으로는 한국에서는 흔하지 않은 야자수들이 거리 양쪽에 가로수로 놓여 있었다. 그렇게 한 시간을 넓고 긴 직선도로를 달려 도착한 곳은 오렌지카운티 주의 어바인이었다. 이모네 집은 3층짜리 아파트의 3층에 있었다. 한국의 아파트와 비교하자니 아파트 같지도 않았다. 제일 높은 층이 3층이라니……. 이것도 땅이 넓으니까 그렇겠지?

"일단 뭐 먹으러 안 갈래? 미국 온 기념으로 이모가 살게. 뭐 먹고 싶어?"

"음…… 미국 하면 햄버거 아닌가? 한국이랑 뭔가 다를 것 같거든."

비행기에 탈 때부터 미국의 햄버거는 다를 거라고 생각했다. 집을 나와 음식점으로 가는 길에 나는 미국에 있다는 게 더욱 실감이 났다. 미국의 거리는 뻥 뚫린 기분이었다. 넓디넓은 도로와 높디높은 하늘은 한국에서는 볼 수 없었던 풍경이었다. 끝없이 이어진 도로를 보는데 무언가 이상했다. 이 넓은 거리에 걸어 다니는 사람이라곤 찾아볼 수 없었다.

"이모, 왜 거리에 사람이 한 명도 없어?"

"미국은 넓어서 다들 차를 타고 다녀. 걸어서 다니다간 하루 종일 걸릴걸."

미국은 한국보다 더 복잡하고 사람들로 붐빌 것만 같았는데 막상 거리를 보니 사람 사는 동네 같은 느낌이 들지 않았다. 그러던 사이 어느새 햄버거 가게에 도착했다. 한국에서 질리도록 먹던 맥도날드는 아니었다. '앤…… 앤…… 아웃?' 빨간 간판이 유독 눈길을 끌었다. 안으로 들어가 메뉴판을 보았다. 햄버거 메뉴라곤 고작 세 개. 햄버거, 치즈버거, 더블버거.

"네가 한번 주문해 볼래?"

"아니. 나 영어 못해."

"그래도 이제 영어 쓰는 연습도 해야지. 안 그래?"

나는 못 들은 체했다. 갑자기 입국심사대에서 영어로는 한마디도 못 하던 내가 생각나 더욱 영어로 말하는 게 두려웠다. 얼마 뒤 주문한 버거가 나왔다. 한국에서의 햄버거와는 확실히 다른 외형에 기대감이 더해졌다. 햄버거 빵에 치즈 두 장, 패티 두 장, 토마토, 양상추. 특별하진 않았지만 한 입 베어 문

순간 감탄이 절로 나왔다.

"어때? 맛있지? 여기가 서부에서 제일 유명한 패스트푸드집이야. 맥도날드보다 더 유명해."

"한국에서 먹던 햄버거는 햄버거가 아니었네."

미국에서의 첫 끼니는 내가 햄버거가 맛있는 미국에 온 것은 어쩌면 잘한 일이라는 생각마저 들게 했다.

미국에 온 지 벌써 한 달이 지났다. 미국의 학교는 한국과는 다르게 새 학년을 시작한다. 매년 3월 입학하는 것이 아니라 매년 9월에 새 학년을 시작하는 것이다. 벌써 학교에서는 새 학년이 시작되었지만 나는 학교에 갈 수 없었다. 미국의 학교는 입학할 때 물세, 전기세와 같은 세금 납부 기록이 있어야만 입학이 가능했다. 하지만 아직 저번 달 납부 영수증이 나오지 않아 나는 학교에 가고 싶어도 가지 못하고 있는 것이다. 택배를 기다리는 사람처럼 매일매일 눈뜨면 우편함부터 확인했다. 그리고 며칠 후 드디어 우편함에 끼어 있는 하나의 우편을 발견했다. 바로 전기세 납부에 관한 우편이었다. '드디어 학교에 가게 된다니⋯⋯!' 미국 학교를 생각하니 벌써 설레어 왔다. 마음만은 이미 등교한 후였다.

"엄마, 나 이제 학교 가는 거 맞지?"

"그래야지. 내일 학교에 입학 신청하러 가자."

아침 일찍 일어나 설레는 마음으로 옷을 챙겨 입고는 집을 뛰쳐나왔다. 한시라도 빨리 학교에 가고 싶었다. 이모와 함께 차를 타고 도착한 그곳은 학교라기엔 너무 넓었다. 내가 알던 학교가 아니었다. 건물 한두 채로 이루어진 학교가 아니라 넓은 땅 위에 컨테이너 박스를 여러 개 놔두고 넓은 잔디밭을 운동장이라 부르며 이곳을 학교라고 하는 것 같았다. 주차장마저도 넓은 학교에 들어서서 교무실로 곧장 향했다. 그곳에는 미국인 선생님들이 웃으며 친절하게 우리를 반겼다. 잠시 뒤 이모가 한 뭉텅이의 종이 묶음을 가지고 돌아왔다. 이모의 표정이 밝지 않다. 설마 학교에 못 간다거나 그런 말을 할까 봐 겁이 났다.

"학교에 입학하려면 외국인은 시험을 쳐야 된다네. 간단한 영어 시험이라고 시험장에 가서 치고 결과를 가져오면 바로 입학할 수 있대."

"나 영어 못하는데 괜찮대……?"

"괜찮지. 영어 시험 못 치면 학교에서 외국인만 따로 영어 가르쳐 주는 반에 들어가서 배우면 된대."

"음…… 난 거기로 가겠네."

도착한 곳에는 역시 넓은 들판에 학교와 비슷한 컨테이너들이 놓여 있었다. 이곳에서 나이 지긋하신 아주머니가 우릴 반기셨다. 아마 선생님이시겠지. 외국인도 이제 몇 번 보니 익숙해지는 것 같았다. 영어 시험지를 손에 들고 빈 교실에 들어가 시험을 치기 시작했다. 첫 페이지를 열자마자 눈앞이 어지러웠다. 제시문부터 문제까지 모두 영어였다. 살면서 이렇게 많은 영어를 읽어 본 적이 없기에 나는 첫 문제부터 좌절했다.

'아…… 우웩. 이게 다 영어로…… 하. 살려 주세요.'

안 풀 수도 없는 노릇 아닌가. 마음 같아서는 자리를 박차고 도망치고 싶었지만 학교에 가려면 시험은 쳐야 했다. 일단 아는 문제가 없는 것을 확인하고는 처음부터 끝까지 찍기 시작했다. '운 좋으면 반이라도 맞겠지?' 역시 난 운이 없었다. 잠시 뒤 선생님께서 가져오신 종이에는 점수가 적혀 있었다. 17/50. 13/45. 8/30. 나쁘지 않았다. 물론 찍은 것치고는 말이다. 외국인을 위한 영어 수업반인 ELD에는 블루와 그린, 두 가지 반이 있었다. 좀 잘하는 아이들은 그린 반, 나같이 못하는 영어 초짜는 블루 반. 결과는 당연히 블루 반이었다. 그럭저럭 잘 찍은 시험 결과지를 가지고는 집으로 돌아갔다. 하루 종일 영어만 봐서 그런지 현기증이 났다. 그래도 내일이면 등교할 수 있다는 생각에 견딜 만했다. 빨리 아침이나 되었으면.

"늦겠다. 빨리 일어나 진성아. 오늘 학교 가야지."

감긴 눈을 겨우 뜨며 시계를 올려다봤다. 5시…… 50분? 더 자도 될 것 같았다. 서둘러 이불 속으로 들어가 다시 눈을 감왔다.

"어휴, 얘 좀 봐. 학교 7시까지 가야 해. 한국이랑은 다르다고. 어서 일어나."

그렇다. 한국이었다면 5시 50분은 아직 꿈나라에 있어도 괜찮지만 여긴 미국이었다. 서둘러 졸린 몸을 이끌고 욕실로 갔다. 학교 갈 생각을 하니 어제까지만 해도 설렜었는데 막상 다가오니 피하고 싶었다. 영어를 못 알아들어 실수나 하지 않을까 걱정이었다. 아침으로 간단한 토스트를 먹고 전날 챙겨 놓은 가방을 들고는 집을 나섰다. 학교까지 가는 10분이 더디게 흘러갔다.

학교 앞에는 아이들을 데려다주는 차들이 줄줄이 서 있었다. 시간은 6시 55분. 아직 교문이 열리려면 5분이 남은 상황에 아이들은 모두 교문 앞에서 삼삼오오 이야기 중이었다. 그 가운데 아시아인들도 심심치 않게 보여 걱정되던 마음이 조금이나마 가라앉았다. 나는 그대로 교무실로 가서 영어 테스트 결과와 함께 각종 서류들을 제출했다. 잠시 뒤 종이 울리자 교문이 열리고 문 앞에 아이들은 일제히 뛰어들어 갔다. 마치 영화 〈300〉 스파르타 군사들이 전장에 뛰어드는 모습을 방불케 했다. 나도 빨리 아이들을 따라가고 싶었지만 서류를 처리하는 데에 꽤 오랜 시간이 걸렸다. 입국심사에서부터 느꼈지만 미국은 뭐든지 느릿느릿인 것 같다. 한국에서는 다들 빨리빨

210

리 움직이며 기다릴 줄 모르는데 미국은 어떤 일을 하든지 느릿느릿 여유라도 가지는 듯 느껴졌다.

8시가 다 되어서야 모든 설명을 듣고 학교 안으로 들어갈 수 있었다. 선생님께서 나를 회색 컨테이너로 안내하셨다. 그곳이 내가 처음 수업을 듣게 될 교실이었다. 교실 문 앞에 서서 선생님을 올려다보니 괜찮을 거라며 씩 웃으시곤 문고리를 잡아 당기셨다. 교실 문이 열리고 한 걸음 들어서자 일제히 아이들의 시선이 나에게로 몰렸다. 그러고는 서로 수군대며 그중 한 명이 '전학생이다!'라며 소리쳤다. 나는 쏟아지는 시선에 당황했다. 그러고는 선생님께서 배정해 주신 대로 한 금발의 남자애 옆에 앉았다. 혹시나 자기소개라도 시키지는 않을까 혼자서 두려움에 떨고 있었는데 다행히 그런 건 안 하는 것 같았다.

2교시인 지금은 독일어 시간이다. 칠판에 빼곡히 적힌 독일어 알파벳들을 보고는 또다시 머릿속이 하얘졌다. 영어도 모르는데 무슨 독일어까지……. 아이들은 나에게 관심을 보이는 듯했다. 연신 내 쪽을 쳐다보며 자기들끼리 수군댔다. 물론 나는 말을 걸기는커녕 쥐 죽은 듯 조용히 앉아 분위기만 살피고 있을 뿐이었다. 그때였다. 금발의 여자애가 내 팔을 툭툭 쳤다.

"안녕. 영어 잘해? 어디서 왔어?"

"Korea……."

"North? South?"

"South……."

"저기 저 애도 한국에서 왔대."

여자애가 가리키는 쪽에는 동양인 한 명이 있었다. 그 아이
는 내 얼굴을 빤히 쳐다봤다. 수업이 끝나고 쉬는 시간에 선생
님께서는 나를 그 친구에게 데려갔다.

"저스틴. 오늘 새로 온 이 친구도 한국인이니까 네가 잘 챙
겨 줘라."

그 아이는 아무 말 없이 고개만 한 번 끄덕였다. 그 모습을
본 나는 생각했다. '아! 쟤는 분명 영어를 엄청 잘하는 애구나!
그러니까 한 번에 알아듣고 고개만 끄덕인 거지. 이제 저 친구
랑만 다니면 문제없겠구나.'

난 곧바로 저스틴에게 한국어로 말을 걸었다.

"와, 니 영어 잘하제? 내는 온 지 얼마 안 돼서 영어 못하는데
니 덕분에 이제 좀 살겠다. 잘 부탁한다."

그 친구는 나를 이상하다는 듯이 쳐다봤다. 물론 나는 원래
조용한 친구인 줄 알았다. 다음 교실로 이동하기 위해 그 친구
에게 물었다.

"이거 3교시는 뭐고? Reading이라 적혀 있는데 어딘지 아
나?"

"따라와. 나랑 시간표 같은 거네."

친구의 시간표를 보니 나와 완전히 똑같았다. 1교시부터 체육, 외국어, 읽기, 수학, 과학, ELD, ELD라고 적혀 있었다. 잠깐. ELD? 무언가 잘못됐다. ELD는 영어 못하는 외국인만 있을 텐데 이 친구는 왜……. 그렇다. 저스틴은 영어를 못했다. 잘해 보이는 것뿐 모두 내 착각이었다. 3교시 역시 ELD 반 아이들과 수업이었다. 물론 저스틴도 나와 함께 블루 반이었다. 이 친구와 함께할 생각을 하니 하루빨리 영어를 배워야겠다는 생각이 저절로 들었다. 5교시가 끝나고 점심을 먹기 위해 저스틴을 따라갔다. 그곳에는 우리뿐만 아니라 한국인 대여섯 명이 먼저 와 있었다.

"앤 누구야? 새로 왔나?"

"얘 오늘 전학 왔어. 나랑 같이 수업 듣는데 부산에서 왔나 봐."

어떻게 알았지? 난 부산에서 왔다고 말해 준 기억이 없는데.

"안녕하세요. 전 이진성……."

"말 편하게 해. 여긴 내 동생 레오, 키라 그리고 키라 동생 영준이야. 저쪽은 스캇이랑 스캇 동생 유민이고. 난 이안이야. 우리도 다 한국에서 이민 와서 여기서 점심시간에는 밥 같이 먹으면서 한국어로 대화해."

"아, 난 잠깐 유학 온 거라…… 나도 영어 이름 스캇인데."

"한국에서는 몇 살이야? 5학년?"

213

"응. 누나는?"

"난 너보다 한 살 많아. 스캇이랑 키라는 원래 98년생인데 한 학년 꿇어서 나랑 같이 다니고. 영준이랑 유민이도 한 학년 꿇어서 너랑 같이 여기선 6학년이야."

"아하…… 근데 밥은 뭐 먹어?"

"저기 카페테리아에서 사 먹어도 되고 도시락 싸 와도 되고. 근데 저기 파는 햄버거 맛없어. 오늘 하루만 먹고 내일부턴 싸 오는 걸 추천할게."

난 도시락 싸 오라는 말은 못 들었기에 당장 매점으로 달려 갔다. 그곳에는 그 맛없다는 햄버거를 사기 위해 줄 서 있는 아이들이 보였다. 내 차례가 되고 앞에 아이가 하던 대로 주문했다. 다행히 알아들었나 보다. 햄버거 하나와 초코우유. 다시 한국인들이 있는 곳으로 돌아와서 밥을 먹기 시작했다. 종이 포장을 벗기자 치킨버거가 하나 있었다. 그런데 버거 안에는 그 어떤 야채도 찾아볼 수 없었다. 퍽퍽한 빵과 빵 사이에 퍽퍽한 닭가슴살 패티가 홀로 누워 있었다. 정말이지 살면서 먹어 본 버거 가운데 최악이었다. 초코우유라도 있어서 다행이지 하마터면 햄버거 먹다가 질식할 수도 있었겠다 싶다. 그에 반해 형들의 도시락에는 집에서 싸 온 김치볶음밥과 소시지 같은 한국 음식들이 뜨거운 김을 내며 군침을 돌게 했다.

'내일부터는 나도 도시락 싸 달라고 해야지…….'

5교시, 6교시 수업을 듣기 위해 ELD 교실로 들어섰다. 물론 저스틴과 함께. 그곳에는 누넨 선생님과 하트 선생님이 새로 온 나를 반겼다. 누넨 선생님은 그린 반, 하트 선생님은 블루 반을 맡아 가르치셨다. 이곳에 들어서니 왠지 모르게 친근한 느낌이 들었다. 그도 그럴 것이 학생 열 명 중 여섯 명은 한국인, 두 명은 중국인, 한 명 일본인과 한 명의 페루인이 있었기에 거의 한국 학교가 아닌가 싶을 정도였다. 수업 시간에는 무조건 영어만 사용해야 했고 주로 영어의 기초와 단어들을 공부하였다. 영어 실력이 늘어 일반 학생들과 수업을 듣기 충분하다 판단되면 시험을 쳐서 ELD를 나갈 수 있었다. 나는 문득 다른 학생들은 이 시간에 무엇을 공부하는지 궁금해졌다. 그래서 하루빨리 영어가 늘어 ELD를 나가 일반 학생들과 같이 수업을 들을 수 있으면 좋겠다고 생각했다. 6교시까지 첫날 수업이 모두 끝이 나고 서둘러 교문 밖에서 기다리고 있는 엄마 차에 올라탔다.

"어땠어?"

"좋았어. 한국인 친구들 많길래 친구들도 많이 사귀었지. 그런데 점심으로 햄버거 사 먹었는데 맛없더라. 내일부터는 나도 도시락 싸 갈래."

"그래, 재밌었다니 다행이네."

215

집으로 돌아와 소파에 쥐 죽은 듯 누워 있었다. 그러고 얼마 뒤 가방 속에 들어 있는 학교 숙제들이 하나둘 떠올랐다. 이럴 때가 아니지…….

긴장이 풀려 힘이 다 빠진 몸을 겨우 일으켜 세워 가방 속에서 숙제를 꺼내 책상 앞에 앉았다. 영어책 읽기, 영어 단어 외우기, 수학 문제 풀기. 첫날부터 숙제라니, 한국에서는 학교 숙제 잘 내주지도 않는데 미국은 다른가 보다. 한 손에 펜을 쥐고 가장 쉬워 보이는 수학 문제부터 풀기 시작했다. 하지만 역시 나에게는 수학이 문제가 아니라 영어가 문제였다. 문제가 모두 영어가 아닌가. 당황한 나는 천천히 한 문장 한 문장 읽어 나가기 시작했다. 영어도 못하는 내가 한 번에 해석할 리가 없었다. 모르는 단어는 모두 영어 사전을 찾아 적고 다시 해석하고 문제도 풀고 했다. 수학 문제는 초등학교 3학년 때 배웠던 문제들이라 식은 죽 먹기 수준이었지만 역시나 그놈의 영어 때문에 한 문제 푸는 데 5분이 걸렸다. 아…… 한국어였으면 20초면 한 문제 풀겠는데 이래서 어느 세월에 다 푸나.

그래도 영어 공부도 같이한다는 생각으로 전자사전을 옆에 두고 한 문제 한 문제 풀어 나갔다. 겨우 30문제밖에 없었지만 다 푸는 데 세 시간 가까이 걸렸다. 펜을 놓고 일어나니 머리가 어지러웠다. 내가 푼 문제들을 한 번 더 내려다봤다. 수학 문제 푸는 데 영어 해석이 더 많이 적혀 있었다. 그래도 다 풀었으니 뭐. 나름 뿌듯했다.

"진성아, 이모 왔다. 학교 어때? 좋아?"

"재밌더라. 근데 신기하게 학교에 한국인이 엄청 많아. 한국인이 반이야. 왜 그래?"

"여기 어바인이 학군도 좋고 살기 좋아서 한국인들이 여기로 많이 유학 오고 이민 오거든. 너희 학교가 제일 공부 잘하는 학교라던데?"

"아…… 그래서 숙제가 많나……."

미국은 공부 안 하고 매일 놀러 다닌다고 들었는데 우리 학교만 예외인 것인가. 괜히 공부 잘하는 학교가 아니었다. 저녁을 먹고 나는 다시 책상 앞에 앉아 전자사전을 켰다. ELD 반에서도 매일 숙제가 나오는 것 같았다. 영어책 읽기와 단어 공부. 낮에 학교 도서관에서 영어책을 한 권 빌려 왔다. 일본 문화를 만화로 설명하고 있는 책이라 그나마 읽기 수월할 것 같아서 이거라도 빌려 온 것이다. 그런데 막상 책을 펴 보니 여기도 역시 모르는 단어투성이었다. 전자사전을 찾아가며 한 장 두 장 읽어 나갔다. 어느새 전자사전의 배터리가 다 닳아 꺼지고, 나는 시계를 봤다. 시간은 벌써 11시였다. 내일 또 학교에 가려면 지금쯤 자야겠지. 숙제를 대충 가방에 집어넣고 침대로 뛰어들어 그대로 잠들었다. 아니, 기절했다는 표현이 맞겠지.

시끄럽게 울려 대는 알람 소리에 엄마가 먼저 일어났다. 5시 30분. 엄마는 오늘부터 내가 점심 도시락을 싸 간다는 것을 잊지 않으신 모양이다. 나는 좀 더 잘 수 있었지만 눈을 감았다 떼니 어느새 6시였다. 한국이나 미국이나 일어나기 싫은 것은 마찬가지였다. 늦기 전에 샤워를 하고 아침을 먹었다. 식탁 한편에는 파란색 보온 도시락이 보였다. 따뜻한 보온 도시락을 한 손에 들고 엄마 차에 올라탔다. 그리고 도착한 학교에서는 역시나 아이들이 삼삼오오 모여 교문이 열리기만을 기다리고 있었다. 그곳에는 어제 같이 밥을 먹던 친구들도 볼 수 있었다.

"저스틴!"

"어, 왔네. 너 어디 사냐? 난 아나카파 아파트에 사는데."

"난 세라노 아파트인데……."

"오 그럼 가깝잖아? 걸어서 10분밖에 안 걸려. 담에 한번 우리 집 놀러 와라."

"이번 주 주말에 갈게. 괜찮제?"

"나야 좋지. 들어가자, 교문 열렸다."

아이들은 모두 교문을 지나 달려갔다. 각자 1교시 교실로 늦기 전에 뛰어가는 것이다. 나 역시 1교시 체육을 하기 위해 저스틴을 따라 운동장으로 갔다. 운동장을 처음 본 나는 입이 벌어졌다. 운동장이라기보단 넓은 들판에 가까웠다. 그 운동장이라는 곳이 한국의 학교 크기보다 커 보였다. 아스팔트가 깔

려 있는 바닥에는 400미터 트랙이 있었고, 농구 골대도 보였
다. 그리고 그 주변으로 아프리카 초원 같은 잔디밭이 멀리까
지 뻗어 있었다. 잔디밭에는 야구장, 미식축구 골대, 그리고
400미터 트랙이 하나 더 있었다. 이런 곳에서 체육을 한다니
매일 흙먼지 날리는 운동장에서 체육하던 한국과 비교하니 꿈
만 같았다.

"뭐해, 옷 갈아입어야 돼. 빨리 가자."

"옷? 난 옷이 없는데?"

"그럼 받아야 되는데……. 네가 가서 말해 봐. 저기 키 큰 사
람이 체육 선생님이야."

저스틴의 손가락을 따라간 그곳에는 키가 2미터는 족히 넘
어 보이는 사람이 서 있었다. 살면서 이렇게 큰 사람은 처음 봤
다. 뭐라고 영어로 해야 하나……. 실수하지 않기 위해 미리 할
말을 생각해 보았다. 그리고는 마치 농구선수처럼 서 있는 체
육 선생님께 다가가 조심스레 말을 걸었다.

"저…… 저기……."

"새로 왔니? 이름이 뭐야?"

"어…… 이…… 진성이요."

"음, 어디 보자. 그래, 오늘 처음이구나. 먼저 체육복부터 받
아야 하니 따라와라."

조용히 체육 선생님을 따라간 그곳에는 여러 사이즈의 체육

복이 있었다. 맞는 사이즈를 찾아 이름을 적고 사무실을 나왔
다. 밖에 나오자 숨이 트였다. 그래도 영어로 한마디라도 하고
체육복을 무사히 받은 게 어디인가. 나는 밖에서 기다리는 저
스틴을 따라 남자 탈의실로 들어섰다. 문을 열자마자 느껴지
는 탁한 공기와 수컷의 향기. 아이들은 윗옷을 벗은 채 미친 듯
이 안을 뛰어다녔다. 공을 주고받기도 하고 서로 옷을 빼앗고
장난치기도 하였다. 사방에서 괴성을 지르고, 여기저기 옷들
이 날아다녔다. 좁디좁은 이곳은 말 그대로 아수라장이었다.
나와 저스틴은 아이들을 피해 구석으로 갔다. 그곳에는 조용
히 옷을 갈아입고 있는 영준이가 보였다.

"안녕……?"

"어. 안녕. 우리 체육 이제 같이 듣더라? 잘 지내자. 어디서
왔냐?"

"난 부산에서 왔는데……."

"아, 그럴 것 같더라. 우리 중에서 부산 사투리 쓰는 사람 너
밖에 없어서 한번에 알았지. 난 원래 99년생이라 너희보다 한
살 많은데 그냥 친구하자."

그랬다. 부산 사람이니까 당연히 부산 사투리가 입에 배어
있었다. 하지만 대부분의 한국인들은 서울과 수도권에서 이민
을 와서 사투리를 쓰는 내가 부산에서 왔다는 것을 알아차린
것이다. 이제 영어에 이어 서울말도 배워야 하는 건가……?

220

혼돈의 장을 벗어나 우리 셋은 밖으로 나왔다. 하필 가는 날이 장날이라고 오늘이 바로 체력 검증이 있는 날이었다. 모든 학생들은 체육 시간에 한 달에 한 번 체력 검증을 실시한다. 1마일 달리기, 윗몸일으키기, 팔굽혀펴기, 유연성 테스트로 이루어져 있는 이 체력 검증에서 낙제하게 되면 다음 날 점심시간에 이 모든 것을 한 번 더 해야 한다. 나는 키 154센티미터에 몸무게 54킬로그램, 게다가 운동신경도 없었다. 1마일 달리기는커녕 100미터 달리기도 못하는 나는 불안한 마음으로 운동장 트랙 위 출발선에 섰다. 휘슬이 울리고 아이들은 일제히 달려 나가기 시작했다. 맨 앞에 있던 나는 어느새 뒤로 밀려 중간, 아니 끝에서 맨 앞에 있는 아이들 뒤를 쫓을 뿐이었다. 맨 앞의 아이들은 학교 육상부 아이들로 한눈에 봐도 날렵하고 빠르게 생긴 흑인과 백인들이었다. 그 뒤로는 영준이가 바짝 붙어 달리고 있었다. 어쩐지 몸이 가벼워 보이더라니. 나와 저스틴은 과체중 콤비로 맨 뒤에서 최선을 다했다. 결과는 육상부 아이들 4분대, 영준이 5분, 나와 저스틴은 꼴지 앞으로 14분에 통과했다. 숨이 턱밑까지 차오르고 다리에 힘이 풀려 주저앉았다. 남자 10분이라는 통과 기준에 턱없이 부족했다. 다른 종목이라고 달랐겠는가. 결과는 fail. 내일 또 점심시간에 1마일을 달릴 생각을 하니 벌써부터 밥맛이 없었다.

"너희 왜 이렇게 못 뛰냐……. 난 그래도 10분 안에는 들어

올 줄 알았지.”

"우리 몸을 봐라. 딱 봐도 과체중이잖아.”

"다음 달엔 통과하길 빈다.”

서둘러 옷을 갈아입은 우리는 다음 교실로 향했다. 살면서 이렇게 오래 뛰어 본 적이 없던 나는 정신이 아득했다. 시간이 어떻게 흘러갔는지도 모르게 점심시간이 되어 우리는 정신 나간 사람처럼 발걸음을 한국인 테이블로 옮겼다. 아이들은 우리가 항상 밥 먹는 교무실 옆 테이블을 그렇게 불렀다. '한국인 테이블.' 아직 온기가 느껴지는 보온 도시락을 열었을 때 아이들의 입에선 감탄이 쏟아져 나왔다.

"와 이게 다 뭐야? 점심이야?”

"너 이거 혼자 다 먹을 수 있냐?”

보온 도시락 안에는 따뜻한 흰 쌀밥에 불고기, 된장찌개, 김치와 김까지 들어 있었다. 아침은 토스트에 시리얼 먹었는데 어찌 점심이 더 거창했다. 다른 아이들은 간단한 샌드위치와 볶음밥, 도넛 등이 점심이었는데 나만 유달리 많이 싸 온 것이다. 주변에 한국인과 친한 외국인 아이들도 내 반찬을 보며 '이게 진짜 한국 음식이냐?'고 물었다. 그러고는 까만 김 한 장에 밥을 싸서 먹어 보던 한 친구는 엄지를 들어 보이며 웃었다. 내일부터는 엄마한테 간단한 메뉴로 해 달라고 말이라도 해야겠다.

222

오늘 하루 수업도 끝이 나고, 집에 가기 위해 교문 밖으로 나왔다. 그곳에서 저스틴을 데리러 오신 어머니를 처음 뵙게 되었다.

"안녕하세요."

"어 그래. 네가 스캇이구나. 성현이가 네 얘기 많이 하더라. 다음에 한번 놀러 와. 어머니도 같이 오시면 더 좋고."

"네. 다음에 뵐게요."

뒤이어 온 엄마 차에 올라타 나는 얘기를 꺼냈다.

"엄마. 성현이 있잖아. 그 어제 만난 반 친구."

"응. 왜?"

"이번 주말에 성현이가 놀러 오래. 걔네 집 아나카파인가 거긴데 가깝다던데."

"어딘지 보고 가자. 내일 성현이 엄마 연락처 알아 와. 집에 인터넷 전화 있을 거야."

며칠 후 한 주의 고생도 끝인 금요일 저녁, 성현이 어머니와 우리 엄마는 전화를 했다. 알고 보니 성현이 어머니와 우리 엄마는 유학 오기 전에 유학생 카페에서 채팅을 주고받은 적 있는 사이가 아닌가. 누가 이 둘이 같은 학교에 아들을 두고 실제로 만날 것이라 상상했을까. 집에 돌아온 이모는 내 눈앞에 수상한 박스 세 개를 내려놓았다.

"이게 뭐게? 이모가 선물 사 왔다."

"뭔데?"

"여기서 살면서 통화도 해야 하니까 엄마랑 너랑 핸드폰 개통해 왔지."

"와! 아이폰이야? 나 아이폰 갖고 싶었는데. 우리 반 미국 애들도 다 아이폰 쓰더라."

"열어 봐, 일단."

설레는 마음으로 박스 포장을 벗겼다. 한 겹 벗기자 나오는 붉은 LG 마크. 아이폰은 아니었다.

"아이폰 아닌데? 왜?"

"어차피 전화랑 문자만 할 텐데 아이폰같이 비싼 거 필요 없잖아. 이게 더 저렴하고 좋아."

"아…… 그래도…… 이건 너무 별로다……."

"뭐 어때. 전화랑 문자는 잘된다니까? 이 가격에 잘 산 거지."

실망한 나는 핸드폰을 켰다. 그래도 나름 첫 스마트폰이니까 채팅 어플도 깔아 보았다. 오전에 받은 친구들의 번호와 한국 친구들의 번호를 등록하자 친구들이 하나둘 화면에 나타났다. 신기한 마음에 나는 친구들에게 문자도 보내 보았다. 물론 아직 학교에 있을 친구들은 답장이 없었다. 천천히 친구들의 프로필 사진을 넘겨 보다 보니 문득 나도 모르게 그리웠다. 한번도 미국에 와서 한국이 생각난 적 없었지만, 친구들이 함께 찍은 사진에 내가 없는 모습을 보니 마음 한편에 그리움이 사무친다. 이도 잠시 이내 내일의 새로운 친구를 생각하며 잠이 들었다.

성현이네 집은 아나카파, 차로 불과 5분밖에 안 걸리는 아파트였다. 저녁 식사에 초대받았기 때문에 오후 5시가 되어서야 집을 나섰다. 성현이네 아파트는 우리 아파트와 별다를 것 없는 평범한 아파트였다. 설레는 마음으로 초인종을 누르니 안에서 성현이가 벌컥 문을 열고 그 뒤로 똑 닮은 동생이 보였다.

"어서 와요. 성현이가 진성이 얘기를 얼마나 하던지 궁금했네요."

"안녕하세요. 진성이도 성현이 얘기만 하던걸요."

성현이 역시 아버지는 한국에 계시고 엄마와 동생과 함께 미국에 온 것이다. 두 살 어린 동생 동구는 초등학교에 다녔다. 식탁에는 성현이 어머니께서 준비해 놓은 저녁이 있었다. 메뉴는 월남쌈과 연어카나페. 각양각색 다채로운 쌈 재료들이 군침을 돌게 했다. 미국은 워낙 식재료가 저렴하고 다양해서 음식을 해 먹기 좋았다. 나는 성현이 방에서 성현이와 동구의 아이폰을 가지고 놀았다. 아이폰을 실제로 보니 어제 받은 내 핸드폰이 더욱 초라해 보였다. 핸드폰을 학교에 가지고 다니지 않겠다고 결심했다. 모두 아이폰인데 나는 그렇지 않으니, 쪽팔렸다. 성현이네 가족과 밥을 먹으며 이런저런 이야기를 나누었다.

"진성아, 너도 교회 다닐래? 이모가 교회 다니는데 대부분 한국인이라서 편하고 친구 사귀기도 좋아."

"교회요? 저 교회 다닌 적 한 번도 없는데……."

"성현이랑 동구도 다니는데 이제 셋이 같이 가면 좋겠다. 거기 가면 영어로 성경 공부도 하고 친구도 사귀고 해서 영어도 많이 늘 거야. 내일 한번 가 볼래?"

"어…… 그럼 저야 좋죠!"

한국에서는 교회라곤 성탄절에 나눠 주는 떡볶이 먹으러 잠깐 간 기억밖에 없었다. 엄마는 천주교, 아빠는 불교인데 교회에 갈 일이 있을까. 도란도란 이야기를 끝내고 밤이 깊었다. 내일 아침에 만나 함께 교회에 가기로 하고 엄마와 나는 집에 돌아왔다.

"성현이네 가족 참 좋은 사람들 같네. 성현이네 엄마도 재밌으시고. 앞으로 학교도 같은데 많이 친하게 지내."

"그래야지. 며칠 안 봤는데 벌써 친해진 것 같아."

성현이네 가족과 처음 만났지만 벌써 몇 년 된 친구처럼 가까워졌다. 타국에서 한국인을 만나니 더 빨리 친해지는 것일까? 앞으로 함께 다닐 것을 생각하니 즐거웠다.

다음 날 아침 성현이네 차가 엄마와 나를 태우러 우리 집으로 왔다. 하나님을 믿어 본 적도 없는데 미국에서 교회라니. 기분이 이상했다. 친구 사귀러 간다는 생각으로 가야지. 교회에 도착하니 눈에 보이는 모든 사람이 한국인이었다. 동네 한국인은 다 모인 것 같았다. 어바인 침례교회는 한국인들이 다니는 교회로서 영어와 한국어를 같이 쓰고 나름 규모도 큰 교회였다. 엄마와 성현이 엄마는 성인 예배에 들어가고 나는 성현이를 따라 중등부 교실로 들어갔다. 그곳에는 내 나이 또래의 중학생들이 성경을 한 손에 쥐고 이야기를 나누고 있었다. 교실 앞 밴드 악기들에서는 찬송가를 연주하는 학생들이 보였다. 이 어색한 공간에서 나는 무얼 해야 할지 몰랐다.

"야, 나 잘못 온 거 같아. 지금이라도 돌아가면……."

"괜찮아, 나도 친구 없어. 여기 온 지 이제 2주 됐거든. 그리고 여기 우리 학교 애들도 엄청 많다?"

한쪽 구석에 서 있는 나와 성현이를 본 한 남자가 걸어왔다. 머리는 삭발에 회색 옷을 입은 이 남자는 교회와는 어울리지 않게 생겼다. 오히려 절의 스님과 비슷했다. 무섭게 생긴 이 남자는 우리에게 와서 영어로 묻기 시작했다. 내가 한 번에 알아들을 리가 있나. 성현이도 말 못하긴 마찬가지였다. 그러자 어색한 한국어로 천천히 말을 이어가기 시작했다. 알고 보니 이분이 우리 성경 공부를 도와주실 선생님이셨다. 어릴 때 이민

227

오셔서 한국어를 잘 못하시긴 하지만 서툰 내 영어를 알아들으시니 다행이다. 성경 공부 시간이 되자 우린 모두 그룹으로 다른 방에 들어갔다. 역시 성경은 필수 지참이다. 아이들은 성경 공부를 통해 성경을 이해하고 배울 점들을 생각해 본다. 다들 열의를 가지고 성경에 대해 이야기하는 모습이 적어도 나에게는 낯설었다. 나는 모두 기도할 때 따라 기도하는 척을 하고, 성경 읽을 때 성경 읽는 척을 하였다. 신의 존재도 믿지 않는 내가 여기 있다는 것이 죄스럽게 느껴졌다. 그래서 12시 30분 성경 공부가 끝나자마자 식당으로 달려 나갔다. 식당에서는 갓 지은 한식을 나눠 주고 있었다. 맛있었다. 먹다 보니 밥 먹으러라도 교회를 열심히 다녀야겠다는 생각이 들었다.

"어땠어? 재밌었어? 엄마는 교회 처음 와 봤는데 잠 오더라."

"음…… 그냥 그래. 우리 학교 다니는 애들은 엄청 많더라. 뭐, 영어 배우려면 다니면 좋을 거 같다."

"그러자 그럼. 성현이 엄마가 같이 인앤아웃 햄버거 먹으러 가자는데 갈래?"

"그럴래!"

인앤아웃 햄버거를 떠올리니 배가 좀 불렀지만 군침이 돌았다. 더 먹을 수 있을 것 같았다. 미국에 와서 처음 먹은 더블 치즈버거의 맛이 가는 내내 생각났다. 이렇게 보니 역시 미국이 좋긴 좋다니까.

이제 학교도 어느 정도 적응이 된 것 같다. 학교에 다닌 지도 벌써 두 달이 넘었으니 말이다. 매일매일 같은 시간표에 맞춰 영준이와 성현이와 셋이서 함께 다니니 미국 학교도 한국 학교 못지않게 재미있었다. 물론 매일 나오는 숙제와 매주 금요일 치는 시험들은 어려웠지만 말이다. 영어를 못하는 나는 전자사전을 뒤적이며 숙제를 하다 새벽이 되기 일쑤였다. 그래도 재미있었다. 오늘도 역시 여느 때와 같은 하루를 시작하기 위해 학교 교문 앞에 도착했다. 매일 그랬던 것처럼 영준이와 성현이가 먼저 와 있었다.

"야. 너 방학 이제 얼마 안 남은 거 아냐?"

"무슨 방학? 언젠데?"

"12월 15일부터일걸? 근데 미국은 여름방학은 세 달 정도인데 겨울방학은 한 달도 안 돼. 겨울에 캘리포니아는 별로 안 춥거든."

"그럼 방학까지 일주일밖에 안 남았잖아. 음…… 방학 때 너흰 뭐 하는데?"

영준이는 겨울방학 계획을 이미 다 짜기라도 한 것마냥 줄줄이 읊기 시작했다.

"난 먼저 여행 갈 거야. 가족끼리 이번 겨울에 비행기 타고 뉴욕에 가기로 했거든. 미국에 온 지 2년이 지났지만 아직 뉴욕은 한 번도 가 본 적 없어서 말이지. 너도 여행이라도 가라. 미국에 왔으면 많이 둘러봐야지?"

"그런가……?"

하루 종일 영준이의 여행 얘기가 머릿속에 맴돌았다. 여행이라…… 미국에 어디가 유명하지? 뉴욕, 그랜드 캐니언, 또…….. 나는 학교를 마치고 그날 밤 이모에게 조심스레 물었다.

"이모. 미국엔 어디가 유명하지?"

"음…… 뉴욕, 라스베이거스, 샌프란시스코…… 뭐 많지. 이번 겨울에 차 타고 라스베이거스랑 샌프란시스코 여행 갈까 생각 중인데 갑자기 그건 왜?"

"여행?"

"응. 라스베이거스랑 샌프란시스코는 차로 여기서 다섯 시간만 가면 되거든. 한 번쯤은 가 봐야지 않겠어?"

"당연하지! 라스베이거스랑 샌프란시스코는 뭐 하는 곳인데?"

"라스베이거스는 미국에서 카지노랑 호텔들로 유명하고 샌프란시스코는 항구도시인데…… 금문교? 유명한 다리가 하나 있지."

"오! 그럼 꼭 가는 거야!"

다음 날 나는 학교에 도착하자마자 영준이와 성현이에게 달려갔다. 영준이는 상기된 표정의 나에게 물었다.

"뭐 기분 좋은 일 있냐? 왜 이렇게 달려와."

"야. 어제 내가 이모한테 물어봤거든? 겨울방학 동안 라스베이거스랑 샌프란시스코 간다더라. 여기 와서 여행은 처음인데 거기 가 봤냐?"

"라스베이거스랑 샌프란시스코 다 가 봤지. 볼만해. 거기 누나들이 대단해."

"누나들?"

"가 보면 알 거야."

드디어 기다리던 방학이 시작되었다. 이제 여행까지 남은 날은 고작 5일! 안 그래도 여행이라면 떠나고부터 보는 나인데 미국 여행이라니. 안 설렐 수가 없었다. 이모 역시 프로그래머이기 이전에 전 세계를 돌아다니던 여행가였다. 안 가 본 나라가 없을 정도로. 나는 여행 가기 전에 이모와 계획을 점검했다. 가면 어디가 맛있고 어디서 잘 것이고 무엇을 할 것인지. 먼저 라스베이거스에서는 'Paris' 호텔에서 잔다고 했다. 사진을 보니 호텔 바로 앞에는 매우 거대한 에펠탑이 있었다.

"진짜 여기서 잔다고?"

"당연하지. 호텔 바로 앞에 에펠탑 모형이 있어서 유명한 호텔이야. 번화가에서도 가깝고 괜찮은 호텔 같더라. 그리고 가

231

면 엄청 맛있는 레스토랑에서 양고기도 먹을 거야. 바로 앞에서는 유명한 벨라지오 호텔 분수 쇼도 볼 수 있고."

"와. 빨리 가고 싶네!"

아침부터 거실에서 들리는 말소리에 잠에서 깼다. 엄마와 이모는 차에 짐을 싣는 듯했다. 그렇다. 오늘이 바로 기다리고 기다리던 여행 가는 날이었다. 나는 엄마를 도와 캐리어를 차 트렁크에 옮겼다. 그러고는 뒷자리에 앉아 안전벨트를 매고 설레는 마음으로 창밖을 내다봤다. 귀에 꽂은 이어폰에서는 내가 제일 좋아하는 가수 '브루노 마스'의 노래들이 흘러나왔고, 창밖의 햇살은 차창을 통과해 내 얼굴에 닿았다. 그야말로 여행 가는 기분이 한껏 들었다. 사람이 사는 동네를 벗어나 고속도로를 끊임없이 달리는데 점점 가옥이 안 보이기 시작했다. 그뿐만인가. 나무도 보이지 않았다. 줄지어 놓여 있던 가로수가 어느새 보이지 않게 되고 창밖은 2차선의 고속도로 주변으로 휑한 사막만이 보였다. 듬성듬성 자라난 풀 한 포기와 키가 큰 선인장들이 보이는 모래사막이었다. 고속도로는 길게 직선으로 이어져 끝이 어디인지조차 보이지 않았다. 대체 옳게 가고 있는 것인지 의문이었다.

"이모, 제대로 가고 있는 거 맞지? 라스베이거스는 아무리

봐도 없을 거 같은데……."

"당연하지. 내비게이션도 여기로 가라고 하는걸?"

그렇게 잠든 지 얼마나 되었을까. 이모가 나를 급히 깨웠다.

"일어나 봐. 저기 라스베이거스 적힌 이정표 보이지?"

"음…… 맞네! 제대로 오긴 했나 보네!"

이정표를 지나 안으로 들어갈수록 높은 건물들과 화려한 도시의 모습이 보이기 시작했다. 사방을 둘러싼 고층 호텔들과 거리를 가득 메운 차들, 그리고 아직 이른 저녁인데도 벌써 불이 환하게 밝은 술집들이 이곳이 바로 라스베이거스임을 증명하는 듯했다.

"진성아, 어때? 엄마도 이런 데는 처음 와 보네."

"아직 모르겠는데 멋있는 거 같아!"

호텔 Paris로 들어서자 호텔 앞에 보이는 거대한 에펠탑이 화려하게 빛나고 있었다. 이런 곳에서 자게 된다니 꿈만 같았다. 지하의 카지노를 지나 체크인을 해야 했기에 짐을 들고 카지노를 지나쳤다. 환호성을 지르는 사람들과 화려한 불빛이 나는 기계들. 그리고 넓은 테이블 위에서 카드를 쥔 사람들의 모습이 보였다. 그보다 더 눈에 띄는 것은 바로 카지노의 천장과 곳곳에 놓인 가로등이었다. 실내에 가로등이라니.

"이모, 천장에 왜 푸른 하늘이랑 구름이 있어? 그리고 실내에서 가로등은 왜 있는 거야?"

"자세히 봐. 가로등 불빛이 꺼져 있지? 사람들이 실내에만 있으니까 계속 낮인 것처럼 느끼게 하려고 저렇게 해 놓은 거야. 시간이 안 가고 계속 낮이면 더 오래 도박을 할 테니까."

"아……."

천장과 가로등을 보다 보니 여기서 이렇게 흥분되어 보이는 사람들이 시간이 흐르는지도 모르고 도박에 빠져 있을 것을 생각하니 불쌍했다. 시끄러운 카지노와 바를 지나 도착한 호텔 방은 넓고 고급스러웠다. 창문 밖으로 보이는 라스베이거스의 거리가 더 멋있게 느껴졌다. 저녁을 먹고 난 후 돌아온 호텔에서 나는 내일을 위해 침대에 누웠다. 화려한 라스베이거스의 밤을 뒤로한 채 밤새 꺼지지 않는 불빛들을 가리는 커튼 아래에서 잠이 들었다.

라스베이거스의 낮은 또 다른 매력이 있었다. 낮에는 그 밝은 불빛들과 술집 조명들이 사라지고, 관광객과 거리 공연이 즐비했다. 또한 호텔들은 각자의 특색이 있어 모든 호텔이 하나의 관광지인 셈이었다.

"이모, 우린 오늘 어디 가는 거야?"

"일단 플라밍고 호텔 구경하고 베네치아 호텔도 가 보자."

"나 베네치아 호텔은 마카오에서 가 봤는데 여기도 있어?"

"여기가 더 크고 멋있을걸."

우린 하루 종일 돌아다니며 라스베이거스를 한껏 만끽했다.

저녁이 되어 우리는 미리 예약한 레스토랑에 갈 수 있었다. 사실 라스베이거스 여행에서 가장 기대했던 것 중 하나가 바로 이 레스토랑! 이모가 맛있는 집이라고 그렇게 자랑을 했기에 얼마나 맛있는 곳인지 궁금했기 때문이다. 이모는 어린양고기와 파스타, 그리고 조개관자 요리를 시켰다. 이곳에서 가장 추천하는 메뉴인 모양이다. 우리가 있는 레스토랑의 맞은편에서는 벨라지오 호텔의 분수 쇼가 시작되었다.

"잘 봐. 이게 라스베이거스에서 다들 보고 간다는 분수 쇼야."

음악에 맞춰 분수들이 여기저기서 솟구쳤다. 그러다 음악이 가장 커질 때쯤, 한 줄기의 분수가 높게 치솟았다. 폭탄 터지는 소리가 나며 물줄기의 끝이 고층 호텔의 맨 위층을 넘어 올라갔다.

"와…… 이런 건 처음 보는데."

"그치? 이모도 볼 때마다 놀란다니까."

때마침 주문한 요리들이 나오고 비주얼부터 내 눈길을 사로잡았다. 한 입 베어 문 양고기는 말 그대로 입안에서 사르르 녹았다.

"양고기는 처음 먹어 보는데 이렇게 맛있는 거였어?"

"여기가 유명한 이유가 있다니까? 괜히 유명한 게 아니야."

배불리 먹고 호텔로 돌아가는 길에 기념품 가게에서 라스베이거스가 그려진 냉장고 자석을 샀다. 언제 또 올 수 있을지 모르니 이럴 때 사 놔야지. 그렇게 라스베이거스에서의 마지막 밤이 지나갔다.

아침 일찍 일어나 체크아웃을 마친 우리는 차에 다시 올라탔다. 그 길로 곧장 다시 한 번 끝없이 이어진 해안도로를 따라 항구도시인 샌프란시스코로 달렸다. 샌프란시스코에 대해 아는 게 없었기에 뭐든 좋았다. 따라 달리는 해안도 좋았다.

"저기 봐. 보여? 물개들 있는 거."

"웬 물개야? 저기 저 까만색이 물개인가?"

"응. 저게 우리가 젤 먼저 갈 곳이야. 저기서 밥 먹자."

조금 더 간 곳은 부두로 이어졌다. 그곳에는 물개들이 셀 수 없이 많이 있었다. 물개는 동물원에서만 보았는데 직접 바다에 있는 물개라니. 신기할 수밖에 없었다. 물개 울음소리를 뒤로하고 우리는 해산물 시장에서 해산물 요리를 잔뜩 먹었다. 아빠부터 나까지 워낙 해산물을 좋아해서 샌프란시스코는 그런 나에게 최고였다. 신선한 해산물들을 먹다 보니 문득 한국에 있는 아빠가 떠올랐다. 아빠도 참 좋아하실 것만 같은 음식들이었다.

"이모, 다음엔 아빠도 같이 와야겠다. 여기 맛있네."

"그럼. 아빠 여름에 오실 거니까 그때도 샌프란시스코 오면 되지."

우리는 샌프란시스코를 더 즐기기 위해 자리를 옮겼다. 샌
프란시스코에 도착하자 라스베이거스와 전혀 다른 분위기를
풍겼다. 조용하고 한가한 항구도시의 샌프란시스코는 시끌벅
적 화려한 라스베이거스와는 또 다른 매력이 느껴졌다.

"샌프란시스코도 볼거리가 많아. 이틀 동안 많이 다녀 보
자."

그렇게 차이나타운, 알카트라즈 감옥 등 쉴 새 없이 돌아다
녔다. 맛있다는 맛집은 다 찾아다니면서 여행 내내 배불리 먹
었다. 한국에서 못 먹어 본 음식들도 여럿 있으니 미국에 와서
제일 기분 좋은 순간이 아닐까 싶었다. 샌프란시스코에서의
일정이 모두 끝나고 아쉬운 마음으로 집에 갈 준비를 했다. 언
제나 그렇듯 여행의 마지막이 되니 더 둘러보고 싶은 마음이
남았다.

"아직 가긴 이르지. 가는 길에 마지막으로 볼 곳이 있잖아.
샌프란시스코에 왔으면 금문교는 당연히 가야겠지, 안 그래?"

"금문교를 왜 안 가나 했네!"

"가는 길에 금문교도 보고 부촌인 소살리토도 가 보자. 그럼
이제 끝이야."

금문교에 가까워지니 놀랍게도 안개가 자욱했다. 원래 금문
교에 안개가 많이 껴서 맑은 하늘의 금문교를 보기란 쉽지 않

다는 것이다. 그렇게 멀리서만 보던 아름다운 금문교를 걸어 지나갈 때 이모가 말을 걸었다.

"금문교 밑에 바다 깊잖아. 안 그래?"

"응. 떨어지면 죽겠는데."

"실제로 금문교에서 천5백 명 이상이 자살한 거 알아?"

"천5백 명? 음……."

"한 번 빠지면 깊이도 깊이지만 파도가 세서 못 살아온다더라."

그 말을 듣고 나니 아래를 내려다보기 무서워졌다. 발이라도 헛디더 빠지게 되면……. 미국까지 와서 사고사 할 순 없으니 앞만 보고 걷기로 했다. 앞만 보고 수많은 사람들을 지나 금문교의 끝에 다다르자 절벽 위에 지어진 아름다운 집들이 눈을 즐겁게 했다.

"보이지? 저 위에 동네가 소살리토라고 부자들이 사는 동네야."

소살리토의 아름다운 거리들을 구경하며 마지막으로 샌프란시스코 기념품 가게에 들러 똑같이 냉장고 자석을 하나 샀다.

"이모는 세계 어느 나라로 여행을 갈 때마다 냉장고 자석이랑 도시가 새겨진 스타벅스 커피 잔을 하나씩 사서 모으거든? 너도 한번 해 봐. 나중에 모인 자석들을 보면 그때의 기억도 떠오르고 추억할 수 있으니 재밌거든. 지금부터 모으면 이모보다 훨씬 많이 모으겠네."

집에 돌아오는 차 안에서는 한 번도 깨지 않고 잠에 빠졌다. 피곤했던 모양인지 집에 도착해서야 눈을 떴다. 그렇게 나흘밖에 안 되는 짧지만 알찼던 여행이 지나가고 내일 아침부터는 다시 일상으로 돌아갈 생각을 하니 힘들었다. 그래도 미국에 안 왔다면 언제 내가 샌프란시스코며 라스베이거스를 와 보겠는가?

여행의 느낌을 그대로 안은 채 어느새 한 달이 채 안 되는 방학은 끝이 나버렸다. 이제 다시 새벽부터 일어나 학교에 가야하는 것이다. 오랜만에 일찍 일어나 늦잠에 익숙해진 몸을 이끌고 학교로 갔다. 새 학기가 시작되었지만 바뀐 것은 없었다. 굳이 찾자면 외국어 수업을 학교 오케스트라로 바꾸었다는 점 정도였다. 학교 오케스트라에서 플루트를 연주할 사람을 구한다는 소식을 듣고 지원한 것이다. 한국에서부터 배워 왔던 플루트였기에 오디션에 합격했고, 덕분에 지겨운 외국어 수업에서 벗어날 수 있었다. 학교를 시작하는 종이 울리고, 여느 때처럼 교문을 박차고 들어가는 아이들과 그 옆에 서 있는 저스틴과 영준이를 보니 바뀐 것 없는 새 학기의 시작이 실감이 났다. 그렇게 별다를 것 없는 학교생활을 생각하며 3교시 ELD 교실의 문을 열었을 때, 나는 당황하지 않을 수 없었다. 늘 있던 학생들 가운데 못 보던 얼굴이 하나 늘었다. 긴 생머리에 진한 눈썹, 토끼처럼 까만 눈은 하얀 얼굴을 더욱 돋보이게 했다. 나는 처음 보는 여자아이의 얼굴을 나도 모르게 뚫어져라 쳐다보고 있었다. 뒤따라 온 저스틴이라고 달랐겠는가. 여자아이는 문 앞에서 가만히 서 있는 우리 쪽을 한 번 쳐다봤다. 순간 눈을 마주친 나는 황급히 자리로 걸어 들어갔다. 앞자리에 앉은 여자아이는 뒤에서 보니 허리까지 내려온 긴 생머리가 더욱 눈에 띄었다. 누넨 선생님은 새로운 친구를 소개하기 위해 여자아이를 불러냈다.

"이번에 한국에서 다른 친구가 한 명 더 왔네요. 미국엔 처음 왔다고 하니 앞으로 우리와 함께 수업할 거예요. 이름이 뭐라고 했지?"

"민정이요. 이민정."

"그래. 민정이는 저기 블루 반에서 하트 선생님과 함께 수업할 겁니다. 잘해 보죠!"

이민정. 역시 6학년으로 나와 같았다. 수업이 시작되고 영어는 나나 저스틴이나 그 아이나 비슷하게 못한다는 걸 직감했다. 뭐 그랬으니 다 블루 반이겠지만……. 수업 시간 내내 평소보다 집중이 안 되었다. 눈이 계속 그 여자애가 있는 쪽을 향했다. 왜인지 모르지만 어떻게 하면 친해질 수 있을지 계속 고민하고 있었다. 그러다 수업이 끝나고 그 여자애는 아직은 친구가 없는지 혼자 교실을 나서는 것이다. 나는 먼저 한 번 말을 걸어 보았다.

"야, 안녕."

"어, 안녕……."

"이민정 맞제? 난 이진성이다. 나도 미국 온 지 얼마 안 됐어."

"그래도 나보단 낫겠지? 나 많이 도와주라. 여기 처음 와서 뭐가 뭔지 하나도 모르겠어."

"같은 반이니까 당연하지. 시간표 좀 봐도 되나?"

"시간표가 이건가……?"

"음…… 체육, 미술, 읽기, 수학, 과학, ELD, ELD네……. 나랑 엄청 비슷한데? 여기 옆에 내 친구도 비슷하니까 잘됐네."

"좋네. 그럼 이제 어디로 가면 되지?"

"우리 따라 와. 쉬는 시간은 짧으니까 늦지 않게 다음 교실로 가야 돼."

종이 울렸다. 얘기하느라 시간을 못 본 것이다. 지각하기 전에 얼른 들어가야겠단 생각으로 뛰었다. 다음 시간도, 그다음 시간도 무엇을 배웠는지는 기억나지 않는다. 그 여자아이의 긴 생머리와 하얀 얼굴이 계속 눈에 아른거렸다. 맨 앞에 앉은 이민정에게 눈길이 계속 갔다. 그 아이한테서는 좋은 향기가 났다. 무슨 향인지는 알 길이 없었지만 언젠가 맡아 본 듯한 익숙한 샴푸 냄새가 났다. 그렇게 무언가 아쉬움이 남았기에 나는 점심시간이 되고 다가가 물었다.

"야. 우리랑 점심 같이 먹을래? 나랑 얘 말고도 저기 가면 한국인들 같이 먹는 곳 있어. 어때?"

"가도 될까?"

"당연하지! 다 좋은 형, 누나들이라 괜찮아."

민정이의 손을 이끌고 무작정 간 한국인 테이블에서는 형, 누나들이 일제히 묻기 시작했다.

"누구야? 새로운 친구?"

"오늘 우리 반에 새로 온 애야. 이민정이래."

"안녕, 앞으로 우리랑 점심때 놀자. 내 동생 레오, 키라 그리고 키라 동생 영준이야. 저쪽은 스캇이랑 스캇 동생 유민이고. 난 이안이야. 말 편하게 하고."

"아…… 나 서울에서 얼마 전에 와서 잘 모르는데 잘 부탁해요, 언니."

"그래. 그래도 저스틴도 있고 진성이도 있으니까 조금 낫겠다. 근데 너 진짜 인형같이 생겼네. 진짜 예쁘다."

점심시간 내내 이야기하다 보니 의외로 다들 빨리 친해진 것 같다. 싫어하면 어쩌지 조금 걱정도 했었지만 쓸데없는 걱정이었다. 앞으로 두 시간 남은 ELD도 같이할 생각에 나랑은

242

더 친해질 수 있겠다 생각했다. 매일매일 같은 수업도 많으니 그보다 좋을 수 있을까.

집에 도착하자마자 소파에 누워 곰곰이 생각했다. 이민정이 라는 사람에 대해서 말이다. 방학도 끝나고 또다시 시작된 같은 일상의 반복에 지겨워질 때쯤 등장한 이민정이었다. 오늘 한 번 본 사이였지만 계속 이야기하다 보니 생각보다 많이 친해진 느낌이다. 이제야 나름 학교에 갈 이유가 생긴 기분이라 그것도 좋았다. 학교만 가면 이제 적어도 여름까지는 겹치는 수업이 많아 오래 볼 수 있었다. 그럼 더 친해질 수 있겠다 생각했다. 그렇게 하루 종일 머리 한편에 이민정이 잔상처럼 남아 있었다. 긴 생머리에 큰 눈, 유달리 하얀 얼굴과 지나칠 때면 나는 진한 시트러스 향. 그리고 말을 할 때는 서울에서 와서 그런지 조용조용하고 침착했다. 게다가 내가 본 또래 여자아이들 가운데 가장 예쁘다. 처음 볼 때부터 내 시선을 끌어들인 외모는 잊히지 않고 새벽까지 떠올랐다. 그날은 오랜만에 다음 날을 기대하며 기분 좋은 꿈속에 빠졌다.

이민정이 우리 학교에 온 지도 벌써 세 달이 지났다. 그리 춥지 않았던 겨울은 어느새 지나가고 낮이면 뜨거운 햇빛이 내리쬐었다. 나 역시 미국에 온 지 벌써 아홉 달이나 되었다니.

243

그사이 영어가 늘었는지 누넨 선생님은 나를 블루 반에서 그린 반으로 보내셨다. 그렇지만 저스틴은 여전히 블루 반이었다. 이민정과 저스틴을 남겨 두고 그린 반에 오자니 나만 소외된 기분이었다. 그렇지만 대부분의 시간을 함께 다녔기에 저스틴과 나는 이민정과 둘도 없는 친구가 될 수 있었다. 이뿐만일까. 매일 같이 점심을 먹는 형, 누나들과 영준이도 이민정과 가깝게 지냈다. 오늘도 역시 평소와 다를 것 없는 아침이었다. 저스틴과 영준이와 함께 탈의실에서 옷을 갈아입고는 강당 안에 들어가 이민정이 나오기만을 기다렸다. 오늘도 어김없이 저스틴은 이민정 이야기를 꺼냈다. 요즘 들어 부쩍 이민정 이야기가 늘었다 생각했다.

"야, 이민정이랑 나랑 요즘 블루 반에 같이 있으니까 더 친해진 것 같다. 안 그러냐?"

영준이는 그런 저스틴을 놀리기라도 하는 듯 말했다.

"오늘도 이민정 이야기냐? 요즘 맨날 이민정 이민정 하는 게 너 혹시 이민정 좋아하고 그러는 거 아니냐?"

"뭐, 그럴 수도 있지. 솔직히 이민정 괜찮잖아? 좋아하면 안 되는 거냐?"

순간 의외의 대답을 들은 나는 놀랐다. 평소 같으면 이민정을 좋아하냐며 놀려 대는 질문에 화를 내며 부성하였어야 한다. 그런데 웬일인지 사뭇 진지한 표정으로 좋아한다고 말하는 게 아닌가? 영준이의 표정을 보니 당황한 기색이 역력하다. 그때 이민정이 옷을 갈아입고 나오면서 우린 대화를 멈췄다. 수업 시간 내내 저스틴의 진지한 표정이 생각나 마음이 복잡했다. 요즘 들어 이민정에게 장난을 치거나 말을 걸거나 하는 저스틴의 모습들이 그저 친해지기 위해서였다고 생각했었는데, 오늘 저스틴의 대답을 듣고 나니 그 행동들이 다르게 느껴졌다. 언제부터 좋아했던 걸까? 알 수는 없지만 한 가지 확실한 건 나보다 오래되지는 않았겠지.

그날은 수업 시간 내내 체육 수업에 임할 뿐 우리 남자 셋은 말이 없었다. 체육이 끝나고 나서도 나는 제정신이 아니었다. 이민정을 좋아하는 게 나뿐만이 아니었으며, 심지어 제일 친한 친구인 저스틴이 옆에서 이민정을 좋아하고 있었다는 사실에 나는 적잖은 충격을 받은 것이다. 이런 저스틴에게 나 역시 이민정을 좋아한다고 말이라도 했다가는 앞으로 얼굴을 볼 수 없을 것만 같았다. 그래서 나는 평소처럼 저스틴을 대하며 일단 내 감정은 최대한 숨기는 편이 나을 것 같다는 생각이 들었다. 그렇게 평정심을 유지하고는 우린 점심을 먹기 위해 평소와 다를 것 없이 한국인 테이블로 향했다. 한참 점심을 먹으며 평소와 다를 것 없어 보였던 때에, 영준이는 나와 저스틴을 불러냈다. 따라가는 내내 나는 안 좋은 예감이 들었다.

"야. 너 이민정 좋아하는 거 진심이냐?"

245

"당연한 거 아니야? 난 이민정 오고 나서 계속 관심 있었어. 소심해서 말 잘 안 했는데 이제 친해져 보려고 요즘 장난도 먼저 걸고 하고 있지."

"하…… 나도 이민정 오고 나서부터 계속 좋아했다. 그리고 이런 얘기 하는 이유는 친구라고 양보할 일은 없을 것 같아서다. 나중에 왜 숨겼냐고 할 거 같아서 말이지."

"뭐, 그럴 수도 있지. 열심히 해 봐라."

안 좋은 예감은 틀린 적이 없다. 갑자기 불러내서 한다는 말이 이민정을 좋아한다는 고백이라니. 그것도 오늘 아침 이민정을 좋아한다 했던 저스틴 앞에서. 이것은 나에게 마치 영준이의 선전포고와 같이 들렸다. 둘 사이에는 냉랭한 공기가 흐르고 둘의 진지한 표정에 나는 아무 말도 하지 못하고 자리로 돌아왔다. 이제 어쩌지? 이 둘은 이제 한 여자를 두고 보이지 않는 싸움을 할 게 분명하다. 평소처럼 친하게 지낼 리가 없다. 이 상황에서 만약 내가 '나도 사실 이민정을 좋아한다!'와 같은 소리를 했다가는 우리 셋은 앞으로 모르는 사람처럼 지낼 것이다. 최대한 이런 상황을 막기 위해서 나는 내 감정을 드러내지 않고 둘 모두와 친하게 지내기로 마음먹었다. 우정을 위해 사랑을 포기할 수밖에 없는 상황이었다. 그게 왜 나여야 하는지는 의문이지만 말이다. 굳이 이유를 들자면 눈치 게임에 실패한 벌칙이었다. 밥이 코로 들어가는지 입으로 들어가는지 모르게 점심을 끝내고 평소와 같이 생활하기 위해 최선을 다했다.

학교를 마치고 집에 돌아온 나는 내내 소파에 누워 생각에 빠졌다. 이런 막장 드라마 같은 상황은 처음이었다. 여기서 더 막장이 될 수도 있었다. 나마저도 이민정을 좋아한다고 고백하면 그걸로 우리 셋의 우정은 박살 나는 것이다. 사랑과 우정 중에 사랑을 택한 저스틴과 영준이었다. 급한 불부터 꺼야 했기에 나는 내 진심은 숨기고 중간에서 다시 저스틴과 영준이의 틀어진 우정을 되돌려야 했다. 이제부터 복잡한 하루하루가 예상되는 날이다.

그렇게 나는 이민정에 대해 한마디 하지 않은 채 평소와 같이 생활했다. 영준이의 선전포고가 있고 두 달이 흘러 어느새 무더운 여름이 시작되려 했다. 높아진 태양의 남중고도만큼이나 저스틴과 영준이의 사랑도 높아져만 갔다. 이 둘은 하루에 열 마디 이상 대화를 주고받지 않을 정도로 멀어졌다. 마치 진짜 전쟁을 벌이는 것처럼 둘은 서로를 적으로 생각했다. 이 사이에 끼어 나는 우리 셋의 우정을 도모해 보았지만 소용없는 짓이었다. 그렇게 매시간 둘을 따로 만나는 이중 스파이 같은 나날을 보내던 어느 날, 어찌 된 일인지 아침부터 이민정은 나를 따로 불러냈다.

"진성아, 나 궁금한 게 있는데."

"뭔데?"

"혹시나 해서 물어보는데…… 저스틴이 나 좋아하고 있어?"

"누가 그래?"

"그냥 내 생각이야. 아니면 아니라고 해 줘."

갑작스런 돌직구에 나는 순간 멈칫했다. 맞는 걸 아니라 할 수도 없고, 그렇다고 맞는다고 해버릴 수도 없는 상황이었다.

"음…… 사실 성현이는 네가 처음 왔을 때부터 너한테 관심 있었대."

"아…… 사실대로 말해 줘서 고마워. 그리고 진짜 미안한데 네가 잘 말해서 나 이제 그만 좋아해 주면 좋겠다고 전해 주라."

"아니, 왜? 성현이가 싫어서?"

"그런 건 아니야. 성현이도 충분히 좋긴 한데 사실 나 방학하기 전에 이사 가거든. 이제 학교 같이 안 다닐 텐데 미안해지잖아."

"어디로…… 가는데?"

"펜실베이니아로 간대. 동부에 있으니 다신 못 보겠지?"

"그러네……. 그래. 성현이한테는 잘 말해 줄게. 혹시…… 혹시나 이사 안 가거나 하면 다시 말해 주라."

"그러면 좋겠네……."

나는 그날 하루 종일 말을 아꼈다. 섣불리 저스틴에게든 영준이에게든 이민정이 이사 갈 예정이라는 사실을 알릴 수는 없었다. 우정을 포기하고 사랑을 선택한 두 사람은 이런 사실은 까맣게 모른 채 이민정을 열렬히 좋아하고 있을 것이 아닌가. 이 둘도 불쌍하지만 나라고 다를 것은 없었다. 감정을 숨긴다고 감정이 사라지는 것도 아니었으며 오히려 이런 내 진심은 아무도 몰라 준 채 끝나버리는 것 같아 더 불쌍하게 느껴졌다. 차라리 내가 먼저 진심을 말했다면 이렇게 아쉽지만은 않았을까? 눈치 게임에서 타이밍을 놓쳐버린 나는 아쉬움만이 미련으로 남았다. 나에게는 이민정이 그렇게 떠나버리는데 우린 무엇을 위해 이토록 많은 것을 감수했는지 그저 허무하게만 느껴졌다. 나는 생각을 정리하고 다음 날 점심시간에 영준이와 저스틴을 불러냈다. 방학이 한 달도 남지 않은 상황에서 더 시간을 끌 수는 없었다. 빨리 알아야 이 둘도 생각을 정리하고 이민정이 떠나는 날 배웅해 줄 수 있을 것이라 생각했다.

"야, 둘 다 잘 들어라. 이민정이 자기 좋아하는 거 다 알고 있대. 그리고 그만 좋아해 줬으면 좋겠다더라."

"아니, 어떻게 알았지? 티 났나?"

"끝까지 들어 봐. 중요한 건 그게 아니야. 이민정이 사실 방학하기 전에 펜실베이니아로 이사 간다더라. 그렇게 멀리 가면 다신 못 볼 테니까 좋아하는 건 좋은데 그만해 달라는 거지."

"진심이냐? 그렇게 직접 말했어?"

"그럼 내가 왜 거짓말 하겠냐 이런 걸로……."

나는 최대한 덤덤한 표정으로 사실만을 전했다. 둘은 얼굴에서 복잡한 심정이 드러났다. 몇 달씩이나 좋아하던 여자가 한순간에 멀리 떠나버린다는 말을 듣고 머릿속이 복잡하지 않을 수 없었다. 우린 그날 서로에게 아무 말도 하지 않았다. 나역시 방학 전 언제 떠날지 모르는 이민정에 대한 생각들을 정리하기 위해 깊은 생각에 빠졌다. 지금 와서 후회한다고 달라지는 일은 없었다. 그저 아쉬운 마음을 뒤로한 채 처음으로 좋아하는 감정을 느낀 이민정이 떠나는 날 내 마음속에서도 떠나보내면 그만이었다. 눈에서 멀어지면 마음에서도 멀어진다는 말도 있듯이 쉽게 잊히지 않을까.

방학을 이틀 남긴 날 이민정은 나를 다시 한 번 먼저 불러냈다.

"나 오늘 학교 마치고 펜실베이니아로 간대. 이제 마지막이니까 언니, 오빠들한테도 인사하고 그렇게 가려고."

"아…… 오늘 가는구나. 그래, 가서도 연락해라. 그래도 언젠가는 살면서 다시 보지 않겠냐?"

"그랬으면 좋겠네. 그리고 저스틴한테도 잘 말해 준 것 같아서 고마워. 이 말 하려고 너만 부른 거야."

"내가 뭘. 그래도 진심으로 좋아했던 것 같으니까 가서도 잊어버리면 안 된다. 우리 막 까먹고 그러지 말고."

"당연하지."

오늘에서야 드디어 떠난다는 말을 들으니 내 마음 한쪽에 있는 이민정에 대한 아쉬움과 후회가 파도처럼 밀려왔다. 오늘 막상 떠나는 마지막 얼굴을 보니 어쩌면 이민정은 잊히지 않을 것도 같았다. 눈에서만 멀어질 뿐 마음에서는 그 자리에 계속 남아 있지나 않을까. 마지막 교시가 끝나고 누넨 선생님은 이민정에게 작별 인사를 하고 아쉬운 마음을 전하셨다. 우린 다 같이 나와 한국인 테이블에서 이민정을 기다리는 가족 같은 형, 누나들 쪽으로 걸어갔다. 누나들 중 몇몇은 눈에 눈물이 맺혔고 이민정도 따라 눈물을 보였다. 그 모습을 아무 말 없이 지켜보는 나와 저스틴과 영준은 서로의 감정을 공유하는 듯이 눈만 마주칠 뿐이었다. 그때 마지막으로 저스틴이 말을 꺼냈다.

"야, 잘 가라. 간다고 우리 잊어버리고 그러는 거 아니겠지? 가서도 연락 자주 해라."

"당연하지. 잘 있어."

우린 다 같이 교문 앞에서 이민정의 카메라로 사진을 찍었다. 찰칵거리는 셔터 소리를 마지막으로 이민정은 뒤를 한 번

돌아보고는 떠났다. 이민정에게 하고 싶은 말이 많은 우리 셋이었지만 그 누구도 먼저 입을 열지 않았다. 그 뒤로 이민정이 없는 교실에서 방학을 맞은 나는 교회에 다니기 시작한 이후 처음으로 기도했다. 이제 다신 볼 수 없을지 모르는 이민정에 대한 아쉬움마저도 좋은 기억으로 남기만을.

6월, 7월, 8월에 걸친 세 달간의 기나긴 여름방학은 나름 빨리 지나갔다. 계획대로라면 방학 중에 아빠가 한국에서 오시기로 되어 있었지만 아빠의 직업 특성상 휴가 내기가 어려워 미국에 올 수 없었다. 결국 일 년여 만에 뵐 기회가 사라지고 나는 아쉽지만 영어 공부에 매진했다. 사실 미국에 온 첫날과 비교하면 이루 말할 수 없을 정도의 발전이다. 이제 학교 수업을 듣고 숙제를 하는 데 문제는 없었으며 남들 앞에서 내 생각을 영어로 말하는 것 역시 두렵지는 않았다. 물론 아직 일 년밖에 안 됐기에 부족한 점이 많았지만 그래도 영어에 대한 두려움이 사라졌다는 것만도 큰 성과라 생각했다. 그러다 보니 이제 수업 듣는 데도 문제가 없는데 왜 이 지긋지긋한 ELD에서 매일 영어 단어나 공부하고 있어야 하는지 의문이었다. 대체 누넨 선생님은 나를 ELD에서 내보내 주실 생각이나 있을까? 기필코 방학이 끝나면 ELD를 벗어나 외국인들과 함께 역사, 문학 수업을 듣겠다 다짐하고는 방학 내내 매일매일 도서관에 가서 영어 공부에 최선을 다했다. 매일 영어책들을 빌려 읽고 긴 감상문을 써 내려갔다. 영어 문제집을 풀고 부족한 말하기 실력을 향상시키기 위해 토론 모임에 가입해 영어로 토론하는 수업도 들었다. 이렇게 준비하면 ELD에서 꼭 나갈 수 있을 거라 생각했다.

그리고 드디어 새 학년의 첫날이 왔다. 물론 저스틴과 영준이는 이제 나와 함께 예전처럼 셋이서 붙어 다녔다. 우린 이제 6학년도 지나 7학년에 올라가게 되었고, 나는 제일 먼저 시간표를 확인했다.

"수학, 리딩, 과학, 오케스트라, 체육, ELD, ELD……."

"나도 똑같네? 야, ELD 듣는 우린 맨날 시간표도 똑같나 보다."

"난 이제 이 지긋지긋한 ELD 나가버릴 거다. 일 년 했으면 이제 지겨울 때도 됐잖아?"

"그럼 나도 이번 기회에 나가버려야겠네."

나는 2교시가 되고 당장 누넨 선생님께 찾아갔다. 그리고는 진지하게 말씀드렸다.

"선생님, 저 벌써 미국에 온 지도 일 년이 되었네요."

"벌써 그렇게 되었니? 그래. 그래서 필요한 게 뭐길래 이렇게 신나서 뛰어온 거야?"

"저도 이제 다른 학생들처럼 수업할 수 있을 거 같아서요.

선생님이 보실 땐 제가 아직 부족한 거 같나요?"

"음…… 그럼 오늘 시험을 한번 쳐 볼 수 있도록 해 줄게. 통과하면 이제 여기 안 와도 되는 거고."

"좋죠!"

나는 그렇게 일 년 만에 기회를 얻을 수 있었다. 처음 입학할 때 시험을 치며 ELD에 들어오고, 하루빨리 ELD를 벗어나 다른 학생들과 수업할 거라 다짐했던 내가 떠올랐다. 그리고 드디어 오늘 이 시험을 통해 내 오랜 목표가 이루어질 수 있을 것인가. 합격과 불합격의 갈림길에서, 내 노력이 헛되지 않았다면 이미 갈 길은 정해져 있었다. 점심을 빨리 먹어 치우고 나는 설레는 마음으로 교실에 들어섰다. 아무도 없는 빈 교실에서 누넨 선생님은 내 시험지를 정리하고 계셨다. 한눈에 봐도 두꺼운 시험지에는 빼곡하게 영어 문제들이 적혀 있었다. 곧이어 종이 치고, 나는 구석 자리에 앉아 수업 내내 혼자 시험을 쳤다. 문법, 독해, 단어 문제들을 풀고 마지막으로 영작까지 완성했다. 어렵지 않게 시험을 치렀기에 결과에 대한 기대가 커졌다. 그날 밤 저녁을 먹던 도중 엄마의 핸드폰이 울렸다. 모르는 번호로 온 전화를 받자 낯익은 목소리가 들려왔다.

"여보세요. 스캇네 어머니 되시나요?"

"저예요, 선생님. 대신 말씀해 주세요."

"그래. 다름이 아니라 낮에 친 테스트 결과 말이다. 영어가 많이 늘었더구나. 이제 내일부터 ELD 반에는 안 와도 될 것 같네. 내일 새로운 시간표를 줄게. 내일 보자."

"감사합니다."

말로 다 할 수 없을 정도의 감동이 밀려왔다. 이 순간을 위해서 내가 그토록 영어 공부를 해 온 것이 아닐까? 학교에 다니기 시작한 첫날부터 꿈꿔 왔던 일이 오늘에서야 현실이 된 것이다. 미국에서 살기 위해 시작한 영어 공부의 목표였던 ELD 탈출이 드디어 이루어지니 오늘보다 의미 있는 날이 어디 있을까. 그날 밤 엄마와 이모의 축하 속에서 새로운 학교생활을 꿈꾸며 일찍 잠에 들었다.

다음 날 아침 교무실에 들러 새로운 시간표를 받게 되었다.

'수학, 문학, 과학, 오케스트라, 체육, 세계사, 스페인어'

이름만 들어도 설레는 세계사와 스페인어 수업이라니. 이제 드디어 다른 학생들처럼 진짜 미국 학교의 수업을 듣는 것이다. 평소와 같이 수업을 하다가 처음 듣는 문학, 세계사, 스페인어 시간에는 마치 이 학교에 처음 온 날처럼 긴장하지 않을 수 없었다. 주로 문학 시간에는 긴 영어 원서를 읽고 아이들과 토론을 하거나 감상문을 작성했다. 세계사 시간에는 문명의 역사에 대해 공부하는데 한 손에 들지도 못할 만큼 두꺼운 전공 서적으로 수업하였다. 반에는 한국인이 나를 포함해 두 명

밖에 없었으며 다른 외국인들 사이에서 영어로 이야기하는 것에 조금은 부담감을 느끼기도 했지만, ELD를 벗어나 더욱 다양한 수업에 함께할 수 있다는 사실에 자신감이 배로 생겼다. 숙제 역시 새롭게 바뀌어 고생이었지만 학교에 처음 온 뒤 이제는 가뿐히 해낼 수 있게 된 것처럼 이 역시 익숙해지면 쉬워질 것을 알고 있었다. 그렇게 다른 학생들과 수업해도 안 꿀리는 나 자신을 보니 나름 뿌듯했다.

일반 학생들과의 수업도 어느 정도 익숙해져 또 다른 일상을 보내며 지낼 때 어느덧 겨울방학을 맞이했다. 미국이라는 땅에 발을 디딘 지 일 년 하고도 약 반년이 더 지난 지금 엄마와 이모는 나에게 선택을 요구했다.

"진성아, 이제 네가 한국에 가면 내년이면 벌써 중학교 1학년 입학인 거 알고 있지?"

"음…… 그렇지?"

"그래서 이제 슬슬 한국으로 돌아가야 하지 않나 생각 중이야. 다른 친구들 중학교 입학할 때 같이 하는 편이 너한테도 편할 테니까. 중학교는 그냥 원래 살던 동네에 있는 곳이 친구도 많고 낫겠지?"

"음…… 그렇겠지? 그래서 만약 돌아간다면 언제 가는데?"

"방학 끝나고 1월 29일 비행기로 돌아갈까 생각 중이야. 그러면 한국에 가서 한 달 정도 준비하고 바로 중학교 입학하면 되니까."

"이제 한국 돌아가면 다신 미국에 안 오겠지?"

"아마 그렇겠지? 특별한 일 없으면 한국에서 계속 학교 다니면서 살겠지."

미국에 처음 유학을 가자고 할 때는 망설임 없이 대답할 수 있었지만 이번에는 아니었다. 이번 기회에 한국으로 돌아가 중학생이 되어버리면 다시는 이 미국에, 적어도 성인이 되기 전까지는 올 기회가 없을 것을 알기 때문이다. 주변에서는 한국으로 돌아가려는 나에게 말했다. 지금 한국으로 가게 되면 한국에서 살게 될 것이고, 지금 미국에서 살게 되면 한국으로 돌아가기엔 너무 늦어버리니 미국에서 살게 되는 것이라고. 타지에서의 생활에 익숙해진 탓인지 한국에 돌아가 다시 친구들을 만나려 하니 어딘가 어색한 느낌이 들었다. 그렇게 대답을 쉽사리 하지 못하던 찰나, 한국에는 친구들뿐만 아니라 아빠와 가족들도 있다는 사실이 떠올랐다. 2년 가까이 한국에서 혼자 기러기 아빠 신세인 아빠를 생각하니 하루빨리 돌아가고 싶기도 하였다. 게다가 미국에서는 대학교 학비가 비싸다고 들었기에 한국에서 새로 생활을 시작하는 것도 나쁘지 않았다.

"음…… 그럼 어쩔 수 없지. 방학 끝나면 한국으로 돌아가

자. 중학교도 가야 하니……."

"진성아. 잘 선택해야 해. 네가 여기 있고 싶으면 엄마 아빠
는 그렇게 해도 된다."

"아냐, 내가 가고 싶어서 그러는 거야. 진짜."

"그래……. 그럼 이모랑 하나하나 준비하자."

결정을 내렸지만 어딘가 마음에 들지 않았다. 아니, 어느 것
이 옳은 선택인지 확신이 서지 않았다. 어떤 것도 정해진 것은
없었기에 둘 중 무엇도 정답은 아니었다. 그렇게 나는 방학이
끝나면 떠날 수 있도록 미국에서의 마지막을 정리하기 시작
했다.

방학 중에 이 사실을 알렸던 학교의 선생님들께서는 한국에
서 필요한 몇 가지 서류들을 준비해 주시기로 하였다. 또한 영
준이와 저스틴, 함께 오랜 시간을 보내 왔던 형, 누나들은 이미
내가 한국으로 돌아간다는 사실을 들었다. 개학 첫날, 학교 교
문 앞에는 역시나 저스틴과 영준이가 자리를 지키고 나를 기
다리고 있었다. 차에서 내리자마자 둘은 나에게로 달려와 애
정 섞인 욕을 퍼붓기 시작했다.

"야, 이 새끼 왜 한국으로 가냐? 그냥 우리랑 여기서 살자 임
마."

"나도 가는 게 맞는지 모르겠다. 그니까 헷갈리게 하지 말고

이제 조용히 해라."

"너 가면 우리 둘이 재미도 없겠다. 그러지 말고 우리 집 방하나 남는데 거기서 살아라. 싸게 해 줄게."

"됐어, 임마. 나 한국 가면 집 더 큰 거 있거든. 거기서 편하게살 거다."

"실망이다, 실망이야. 우리 버리고 가버리는 게 꼭 민정이 같네."

"거기서 걔가 왜 나오냐?"

교무실의 선생님들께 필요한 서류 다발을 받고 나니 매일다니던 학교도 새롭게만 느껴졌다. 이제 며칠 뒤면 떠난다는생각 때문일까. 학교의 익숙한 풍경들이 마치 시간을 멈춘 듯내 머릿속에 사진처럼 인화되었다. 학교 구석구석 평소에는보이지 않았던 장면들도 하나하나 자세히 살펴보았다. 시간이지날수록 학교에 대한 아쉬움이 조금씩 생겨났다. 매시간 선생님들은 이제 떠나는 내게 좋은 말씀 한마디씩을 해 주셨다.내가 한국에서 미국으로 올 때 느꼈던 감정들이 2년이 지난 지금 다시 한 번 반대의 공간에서 느껴졌다. 그만큼 미국이 내 두번째 고향인 것처럼 편해진 모양이다.

1월 28일, 나로서는 미국에서의 마지막 학교생활이었다. 평소와 같이 등교한 학교의 교문 앞에는 오늘은 왜인지 한국인들이 더 많이 모여 있었다. 내가 내리자마자 일제히 나에게 달려들어 잘 가라며 소리쳤다. 몇몇은 편지까지 쓴 모양이다. 막상 이렇게 다가오니 눈물이 날 뻔했지만 애써 숨기며 교문을 달려 들어갔다. 제일 먼저 찾아간 ELD 교실에서 누넨 선생님과 하트 선생님은 내가 찾아올 것을 알고 계셨던지 반갑게 맞아 주셨다.

"스캇, 정말 아쉽구나. 네가 우리 반에 와서 블루 반 수업을 듣던 날들이 생생한데 언젠가 성장해 ELD를 떠나 이제 한국으로 돌아간다니. 가서도 우리를 잊지 마라."

"당연하죠. 어떻게 두 분을 잊을 수 있겠어요? 일 년 넘게 감사했습니다."

"그래. 우리 둘이 편지를 준비했는데 마지막으로 받으렴."

하트 선생님과 누넨 선생님은 편지를 건네시며 눈물을 훔치셨다. 나 역시 이별에 마음이 무거웠지만 그런 선생님들을 위로했다. 편지에는 연륜이 묻어 있는 영어 필기체로 쓰인 내 이름이 보였다. 안타깝게도 내가 길게 적힌 필기체를 읽을 수 없다는 사실을 모르셨던 모양이다. 내용은 알 수 없었지만 두 분의 마음만은 온전히 전해질 수 있었다. 그날 알고 지내던 모든 이의 작별을 받으며 어느새 마지막 수업도 끝이 났다. 마지막 작별 인사를 위해 찾은 한국인 테이블에는 역시나 모두 나를 기다리고 있었다. 제일 먼저 영준이가 말을 꺼냈다.

"이진성, 진짜 가서도 연락 잘 해라. 안 하면 찾아가서 때릴 거다."

"당연한 거 아니냐? 다들 한국 올 때 연락해. 내가 꼭. 꼭 찾아가서 만날게. 그리고 다들 잘 있어."

"야, 마지막인데 다 같이 인앤아웃이나 가자. 너 이제 한국 가면 이런 햄버거는 다신 없을 거다."

그 길로 향한 인앤아웃에서 나는 마지막으로 더블버거를 시켰다. 미국에서의 처음과 마지막 끼니는 인앤아웃으로 장식하니 나쁘지 않은 마무리였다. 함께 햄버거를 먹는 이 시간이 느리게 갔으면 좋겠다는 생각도 했지만, 시간은 기다려 주지 않았다. 그렇게 진짜로 나는 그들의 추억 속에 남은 사람이 된 것이다.

집에서는 모든 준비를 마치고 내일 아침 내가 입국했던 로스앤젤레스 국제공항(LAX)으로 떠나기만을 기다렸다. 이모와 미국에서 함께하는 마지막 저녁은 이모에게도 마지막일 엄마의 한식 요리였다. 그렇게 한편으론 홀가분하면서도 복잡한 마음을 안고 새벽까지 잠 못 드는 밤이었다.

"진성아, 몸 조심해. 다음에 이모 한국 가면 그때 보자."

"응. 이모도 잘 있고. 한국 도착하면 연락할게."

"그래. 필요한 거 있으면 이모한테 말해. 이모는 아직 미국에 있으니까."

261

"알았어. 이제 진짜 간다!"

한국에서 약 2년 전에 가지고 들어왔던 캐리어를 한 손으로 끌고 이번에는 미국에서 출국이라니. 기분이 묘했다. 비행기에 탑승하고 창밖을 내다보니 한국으로 떠나는 것도 실감이 나기 시작했다. 비행기의 엔진 소리가 점점 커져가며 몸이 떠오를 때쯤, 머릿속에는 미국에 온 날부터 시작된 기억들이 새록새록 스쳐 지나갔다. 처음 와서 먹은 인앤아웃의 맛, ELD에 들어가고 만난 학교 친구들, 라스베이거스와 샌프란시스코로 떠났던 첫 여행, 그리고 마음 한편에 잊히지 않고 남은 이민정에 대한 기억들까지도 생생하게 떠올랐다. 이제 이 모든 추억들을 가슴에 넣어 둔 채로 한국에서의 생활에 적응하게 되겠지. 그러다 문득 떠오르는 기억들에 가끔은 가슴속에 보관한 사진 같은 추억들을 꺼내어 생생히 펼쳐 볼 수 있기를 바랐다. 나는 창밖으로 멀어지는 미국의 하늘을 보며 혼잣말로 속삭였다. "Farewell to America!"

내 삶에 가장 큰 영향을 미쳤고 가장 인상 깊었던 초등학교 시절의 미국 유학 경험을 주제로 소설을 썼다. 평소 여행을 좋아하던 나는 영어 공부는 물론 새로운 문화를 경험하고 싶어 5학년 때 2년간의 미국 유학을 결정했다. 언어의 장벽을 마주하고 좌절하기도 했지만 다양한 친구들을 사귀고 새로운 환경에서 공부하며 값진 경험들을 할 수 있었다. 소설을 쓰면서 되돌아보니 유학 생활은 현재의 나를 구성하고 존재하게 해 주었다는 생각이 들었다. 외국어 실력과 더불어 넓은 안목과 개방적인 사고방식, 그리고 다양한 경험들은 역시 내가 성장하는 데 원동력이 되어 주었다. 내 경험을 살려 직접 소설을 쓰면서 삶을 되돌아보는 기회가 되었던 것 같다. 머릿속의 경험들을 생생하게 불러오는 과정에서 예전에 느꼈던 설렘과 기쁨은 물론 후회와 반성도 다시 한 번 떠올릴 수 있었다. 추억에 잠겨 글을 써 내려가다 보니 어느새 3만 6천 자라는 스스로도 놀랄 분량의 소설을 완성했다.

　사실 소설 창작 수업을 통해 얻은 것은 긴 글을 쓸 수 있다는 자신감뿐만이 아니었다. 무엇보다도 흥미 있는 활동을 할 때 누구보다도 열정적으로 몰두하는 내 자신을 발견할 수 있었다. 매번 소설을 읽기만 하다 직접 창작한 경험은 새로운 것에 대한 도전이었고, 이를 통해 어떤 새로운 일에 대해서도 두려움을 떨쳐내고 도전할 수 있을 거라는 자신감이 생겼다. 그리고 재미있어서 하는 일은 저절로 열정이 생겨나고 좋은 성과를 이룬다는 것도 깨달았다. 소설 창작 수업은 소설을 읽고 감상을 쓰는 다른 수업들과 달리 나에게 도전과 열정을 알려 준 의미 있는 수업이었다.

··· 이성민

생각보다 긴 분량으로 소설을 쓰는 아이들이 꽤 있었다. 특히 이 글을 쓴 아이는 아직 덜 썼어요, 조금만 더 쓸게요······ 더 쓰게 해 달라고, 글쓰기 분량을 늘려 달라고 부탁하는 진기한 경험을 했다.

"무조건 길게 쓴다고 좋은 글이 되는 건 아니야. 의미 있는 사건들을 적절하게 구성해야지."

그런데도 학교와 수업 이야기, 친구들 이야기를 하다 보니 분량이 자꾸 늘어나는 것 같았다. 나름 사랑 이야기도 넣는다고 했는데 봄바람처럼 살짝 스쳐 지나가는 이성에 대한 설렘도 포함되었다. 글을 완성하고 보니 3만 6천 자나 되었다.

이런 기회를 통해 드문 경험을 잘 정리해 보는 것은 학생 개인에게도, 유학 생활이 어떻게 이루어지는지 알고 싶은 독자들에게도 의미 있는 일이겠다. 이렇게 긴 글을 일주일 정도에 걸쳐 썼는데 쓰기 시작하면 매일 8천여 자씩은 썼다고 한다. 고등학생도 스스로 마음이 꽂히면, 이렇게 유창하게 긴 글을 써내는 필력을 발휘할 수 있다는 것을 처음 알았다.

아이들이 제각각 가진 재능과 열정을 발굴해 주는 것이 교육에서 가장 중요하다고 본다. 그런 점에서 소설 창작은 이 학생에게 새로운 발견을 하게 해 준 의미 있는 활동이었다. 소설적 갈등과 긴장을 띠지 못한 평면적인 구성이 그렇게 중요한 문제는 아니었다. 길게, 길게 이어지는 완성된 글을 스크롤바를 내려 읽으며 학생도 나도 마음이 그득해졌다.

··· 조향미

265

넘어지는 것

최해정

1

"27번 정승연."

책상 위로 고개를 떨구고 있던 승연은 선생님의 호명에 의자에서 튕겨져 나가듯 교탁 앞으로 달려 나갔다. 승연이는 하얀 종이를 받아 들고는 중학교에 입학해 처음 교실에 온 날과 같은 심정으로 기대 반 두려움 반으로 종이를 펼쳐 보았다. 그리고 이내 승연이의 얼굴은 손에 든 하얀 종이처럼 하얗게 질려버렸다. 손에 들어간 힘 때문에 구겨지기 시작한 종이에는 일렬로 늘어선 A 가운데 B 하나가 자리 잡고 있었다. 승연은 가슴이 쿵 내려앉았다. 그러고는 책상 속에 고이 넣어 놓았던 공책 하나와 책 한 권을 펼쳤다. 승연의 가슴이 먹먹하게 아려왔다. 공책에는 즐겨 보던 TV 프로그램의 기획서가 삐뚤빼뚤

한 글씨로 적혀 있었다.

승연은 초등학교 5학년 때부터 언론인의 꿈을 키웠다. 우연히 하게 된 학생 기자단 활동 이후 승연은 언론인이 되겠다고 마음을 먹었고 6학년 때부터 PD책을 사서 책에 포스트잇까지 붙여가며 본격적으로 공부를 하기 시작했다. 중학생이 되어서는 포트폴리오를 만들어 볼 거라고 공책에 기획서를 흉내 내어 적어도 보았다.

하지만 받아 든 성적표에 적힌 '국어 B'라는 글자를 보고 승연은 공책을 덮어버렸다. 공책과 책을 가방에 쑤셔 넣고, 성적표는 주머니에 구겨 넣어버리고는 서둘러 신발을 챙겨 학교를 나왔다. 집으로 돌아오는 길에 승연이의 시야가 자꾸만 뿌예졌다. 하지만 승연이는 눈물을 흘리지 않겠노라며 고개를 젖혀 올렸다. 승연이는 국어 성적을 못 받았다는 서러움보다는 드디어 꿈을 포기해야겠다고 다짐한 것에 대한 서운함이 몰려왔다. 그간 언론인이라는 꿈을 꾸었지만 수학, 과학을 좋아했고 또 성적이 국어보다는 수학, 과학이 잘 나와서 어찌해야 되나 고민하던 중 국어 성적이 뚝 떨어지는 덕에 자신의 적성을 받아들이기로 결심한 것이었다. 이것이 승연이가 포기한 첫 번째 꿈이었다.

승연은 교장실 문을 열고는 늘 그렇듯 긴장한 채로 발걸음을 옮겼다.

"안녕하세요."

"그래, 저번에 준 책은 읽어 봤니? 오늘도 추천해 주고 싶은 책이 있어서 불렀단다."

교장 선생님께서는 익숙한 듯 책장에서 책을 한 권 빼 들고는 승연에게 건네주었다.

드르륵.

조용한 복도에 문 닫는 소리가 요란하게 울려 퍼졌다. 교장실을 나온 승연이의 손에는 꽤나 묵직해 보이는 짙은 푸른색 표지의 책이 들려 있다. 승연이는 책 두께를 보며 이건 또 언제 다 읽느냐며 한숨을 쉬었지만, 교장 선생님께서 빌려주신 책을 읽게 되었단 사실에 썩 기분이 좋았다.

집에 도착한 승연은 책상 앞에 앉아 오늘 받은 책을 꺼내어 본다. 두꺼운 표지를 넘기자 서문이 보인다. 승연은 책 속으로 빨려 들어가듯 읽기 시작했다. 절반쯤 읽었을까, 승연이는 첫눈을 본 아이 같은 표정을 짓고 있다. 마치 승연은 다른 세상에 온 것만 같았다. 그녀가 알던 세상은 더 이상 없었다. 승연이의 눈에 은하수가 빛나고 있었다.

'그 책'을 읽고 난 후 승연은 과학자라는 목표를 가지게 되었다. 과학 공부를 하며 화학을 좋아하게 되었고 과학고를 가기 위해 과학 학원을 다니기 시작했다.

집으로 돌아오면 방으로 들어가 가방부터 침대에 던져 놓는다. 이제 한숨 돌리려고 하는 찰나 승연의 엄마와 아빠는 승연의 방문을 벌컥 열고 들어온다.

"공부 잘 하고 왔어? 면접 얼마 안 남았는데 아빠랑 면접 준비할까?"

"학원에서 충분히 했거든."

승연은 귀찮다는 듯 받아쳤다. 그러자 승연의 엄마가 "좀, 애한테 부담 주지 말고, 어련히 알아서 잘하겠지" 한다.

승연은 부모님에게 들키지 않게 표정을 굳힌다. 승연도 알고 있다. 부모님이 자신을 위해 하시는 말이라는 것을. 하지만 자꾸만 밀려오는 부담감에 공부를 하겠다며 부모님을 방 밖으로 쫓아낸다. 승연이는 책상 앞에 앉아 스탠드를 켠다. 스탠드 불빛이 반짝거리는 책 위에 반사돼 책의 글씨들이 보이지 않는다. 그리고 승연이의 머릿속은 글씨처럼 하얗게 변해버렸다.

가을에서 겨울로 넘어가는 계절. 이제 꽤나 날씨가 추워졌다. 승연은 아침 일찍부터 집을 나선다. 승연은 출근하는 아빠 차를 타고 뒷좌석에 앉아 조용히 창밖을 본다.

"후우……."

승연은 이제 나무들이 우거진 산이 보이는 차창 밖을 쳐다보고 있다.

"파이팅, 우리 딸 잘할 수 있지?"

"네, 다녀오겠습니다."

목적지에 도착한 승연은 차에서 내려 곧장 발걸음을 옮긴다. 강당에서 수험 번호와 좌석을 확인한 승연은 주변을 둘러본다. 듬성듬성 보이는 학원 친구들의 모습에 마음이 좀 놓인다. 드디어 마지막 2차 면접이다. 승연은 이곳에 오기까지의 지난날을 떠올려 본다.

"쌤, 저 자소서 수정해 왔어요."

"그래? 옆 교실 가서 잠시만 기다리고 있어."

승연은 얼굴에서 미소를 잃지 않고 학원 교무실 옆의 교실 문을 열고는 불을 켰다. 곧이어 선생님께서 들어오셨다. 승연은 의자를 칠판 앞쪽으로 빼내어 앉았고 선생님은 그 앞에 앉아 종이를 훑어 내려갔다. 선생님은 승연이 준비한 리스트와 준비하지 않은 리스트를 번갈아가며 질문했다.

"준비 안 한 질문 나오면 큰일 나겠네. 준비한 건 완전 잘하는데 말이야. 더 준비해라."

"네!"

선생님이 문을 닫고 나가자 승연은 한숨을 돌렸다. 이내 생각을 추스르고 가방을 챙겨 교실에서 나오던 승연은 유진이를 마주친다.

"잘했어?"

승연의 친구는 걱정된다는 표정으로 승연에게 말을 건넨다.

"뭐 그럭저럭. 화학 쌤이랑 해서 괜찮았던 거 같아."

"헐, 나는 화학 쌤이랑 하고 엄청 울었는데. 쌤 완전 무섭지 않아?"

그렇게 둘은 수업이 시작할 때까지 복도에 서서 이야기꽃을 피웠다.

"안 춥냐."

승연은 학교 1층 복도에 경수와 나란히 서 있다. 둘에게 추천서를 써 주신 선생님들은 벌써 면접을 마치고 나오는 길이다. 곧 교실 안에서 경수를 부르는 소리가 들렸고 복도에는 승연 혼자만 남게 된다. 승연은 추위 때문인지 긴장해서 그런지 벌벌 떨고 있다. 면접을 본다고 짧게 자른 머리 때문에 더 추운 것 같다며 긴장을 풀기 위해 이런저런 생각들을 한다. 곧이어 승연은 면접관들의 부름을 받고 교실 안으로 들어간다. 그렇게 1차 면접이 시작되었다. 승연은 얼굴에서 미소를 잃지 않으려 안간힘을 썼다. 그런 승연의 간절함이 가닿은 것일까. 면접관들도 함박웃음을 지었고 면접은 화기애애한 분위기로 끝났다.

승연의 예상처럼 1차 면접은 통과되었다. 물론 그렇지 않은 이들도 있었다. 승연은 탈락한 친구들에게 무어라 위로의 말도 건네지 못한 채 2차 면접 준비에 들어가게 되었다. 2차 면접 준비는 1차와 다르게 훨씬 더 체계적으로 진행되었다. 준비를 위한 자료도 책 다섯 권 분량은 되는 듯했다. 하지만 승연은 그마저 즐거웠다. 자신의 앞날을 예상하지도 못한 채로.

강당에 앉아 그렇게 지난날을 떠올리던 승연은 대기실로 이동하였다. 승연의 순서는 2번. 대기실에 도착하자마자 복도로 나가 대기를 하였다.

"안녕하십니까!"

승연이는 우렁찬 목소리로 인사를 하고는 면접장으로 들어갔다.

두 번의 면접을 끝내고 다른 대기실로 가기 위해 승연과 1번 순서의 학생은 같이 기다리게 되었다.

"난 망했어. 대답도 제대로 못 하고 10분도 다 못 썼어."

처음 보는 사이지만 둘은 서슴없이 대화를 이어갔다.

"나도야. 괜찮아, 긴장해서 그렇겠지. 나도 마찬가지야."

승연은 웃으며 대답했다. 계속 괜찮다고 이야기하며, 실실

웃었다. 과학고 학생이 둘을 데리러 왔고 수고했다며 사탕을 건네었다. 승연은 활짝 웃으며 사탕을 받아 들었고 마지막 대기실로 가서 앉았다. 승연은 짐작했다. 여기가 끝이라는 것을.

학원에서 준비하던 면접은 면접관의 질의응답이 주를 이루었다. 그래서 승연은 항상 간단하게 대답하고 어떤 질문을 받을지 신경을 곤두세웠다. 그래서 이번에도 10분간의 면접 시간 중 문제를 풀고 대답하는 데에는 5분 정도밖에 쓰지 않았다.

"끝인가?"

"네"

"그래. 이만 나가 보게."

나가라는 소리를 듣고 승연은 하늘이 무너지는 것 같았다. 머릿속으로 '질문은?'이라는 허망함이 맴돌았다. 순식간이었다. 그렇게 2차 면접은 끝이 난 것이다. 승연은 받아들이지 못했다. 아니 받아들일 수 없었다. 마지막 대기실에서 두 시간 넘게 기다려야 하는 승연은 일부러 면접 생각을 머릿속에서 지우려 했다. 오늘 마치고 뭐 하지, 라며 엉뚱한 생각으로 머리를 가득 채웠다.

"아, 쉽지는 않네. 우짜노…… 많이 아쉽제?"

선생님이 클릭을 하는 순간 승연은 모니터를 바라보지 못했다. 눈을 떴을 때는 이미 불합격이라는 글자가 뚜렷이 모니터에 나타난 후였다.

"아, ㅎㅎ 그러네요."

승연은 가지고 있던 아주 작은 기대가 이렇게 아프게 다가올 줄을 몰랐다. 하지만 승연은 애써 아무렇지 않은 척했다. 그리고 평소대로 학원에도 갔다.

"왔네? 안 올 줄 알았는데. 니 혼자 왔다. 안 괜찮을 줄 알았는데 괜찮네?"

학원 선생님은 신기하다는 듯 승연을 의식했다. 승연은 웃으며 대답했다. 그다음 시간에 들어온 선생님 역시 같은 반응이었지만 승연도 똑같이 웃으며 대답하였다. 얼굴에서 미소를 잃지 않았다. 그리고 집으로 돌아오는 지하철 안, 승연은 고개를 푹 숙이고 있다. 소리가 날까 봐 숨을 죽여가며 고개를 떨어뜨리고 있다가 도착하자마자 지하철 화장실로 향한다. 다행히 아무도 없었다. 또 아무도 오지 않았다.

"괜찮지 않아, 전혀 괜찮지 않아."

승연은 참고 있던 울음을 터뜨렸다. 서럽게 울었다. 승연의 눈에서 눈물이 멈추지 않았다. 승연은 휴지로 자꾸만 닦아 내 보지만 눈물은 멈출 기색이 전혀 없었다.

이제는 제법 날씨가 겨울다워졌다. 일반고 배정 발표일이었다. 방학 중에 교실에 모인 아이들은 그 어느 때보다도 어수선

했다. 승연이는 그 틈에서 시계만 계속 쳐다보고 있다.

"휴대폰으로 보면 된대! 교육청에 뜬대!"

한 학생이 달려오며 소리쳤다. 어수선하던 학생들은 이내 모두 휴대폰을 들어 교육청 홈페이지로 들어갔다. 째깍째깍. 어느덧 시간이 되었다. 복도에서는 비명 소리가 들려오기 시작했다. 교실은 순식간에 아비규환이 되었다. 환호하는 아이, 우는 아이, 절망하는 아이, 소리를 지르는 아이. 그 사이에서 승연은 그저 탄식 한마디를 내뱉을 뿐이었다. 그렇게 아이들이 서로 결과를 공유하고 난 후 하나씩 교무실로 향하였다. 승연도 늦지 않게 교무실로 갔다. 교무실에는 추천서를 써 주셨던 선생님이 계셨다.

"어…… 승연아, 네 꺼 여기 있네."

승연이의 이름이 적힌 종이를 본 선생님의 표정은 썩 좋지 못했다.

"네가 여길 간다고?"

승연은 실없이 웃으며 종이를 받았다. 그러고는 시간이 조금 남은 것을 확인하고 집으로 발걸음을 옮겼다. 집에는 다행히 아무도 없었다. 승연은 잠바를 벗어던지고는 침대 위에 올라가 구석으로 몸을 구겨 넣었다. 승연은 고개를 다리 사이에 파묻어버리고는 흐느끼기 시작했다. 더 이상 나빠질 게 없다고 생각한 것은 큰 오산이었다. 그렇게 승연이의 두 번째 희망

275

이 꺼져버렸다. 새로운 희망을 다시 찾을 수 있을지 혹은 두 번째 희망을 다시 찾을 수 있을지는 아무도 모른다. 그저 승연이에게는 3년이라는 시간을 보낼 새로운 학교가 기다리고 있을 뿐이다.

2

계단을 바쁘게 내려가는 승연이의 발걸음이 분주하다. 승연이는 4층에서 2층까지 단숨에 뛰어 내려간다.

"쌤, 부르셨어요?"

승연은 헐떡이는 숨을 고르며 말을 꺼낸다.

"어, 그래 이번에 하는 부스 말인데……."

선생님은 기다렸다는 듯 종이 뭉치를 주며 승연이에게 이것저것 이야기한다. 선생님의 말이 다 끝나기도 전에 수업 종이 쳤지만 둘은 신경도 쓰지 않고 말을 이어간다.

"그래, 그럼 다음 시간에 다시 보자. 근데 요즘 좀 좋아 보인다?"

승연이는 아무 말도 하지 않고 웃어 보이고는 이내 교실로 뛰어 올라간다.

고등학교에 입학한 지 벌써 일 년이 훌쩍 넘었다. 입학한 지 일주일 만에 승연이는 학교에서 울음을 터뜨렸다. 기대조차 하지 않았지만 생각보다 더 다른 학교의 모습을 승연이는 받아들이지 못했다. 그래서 매일 울고, 또 싸웠다. 친구와도 싸우고 선생님과도 싸웠다. 그리고 역시 성적도 마음먹은 만큼 나오지 않았다. 그렇지만 가만히 있기 싫었던, 아니 가만히 있을 수 없던 승연은 할 수 있는 일은 닥치는 대로 다 하고 보았다. 그렇게 일 년간의 시간을 보내고 승연은 차츰 받아들이기 시작했다. 입학 이전의 자신의 모습은 하나씩 버리면서 학교가 바라는 모습대로 맞춰 나가기 시작했다. 선생님들과도 싸우지 않았고 학교 수업도 열심히 들었다. 그러자 다시 성적도 올랐고 선생님들도 승연이를 무척 좋게 바라보았다. 물론 승연이 마음을 완전히 정리하는 데까지는 시간이 더 많이 걸렸다.

2학년 여름, 승연이는 빈 교실에서 혼자 울고 있다.
'알아, 알고 있어. 이제는 더 이상 부정해 봤자 소용없어.'
입학 이후로 승연이는 무척 많이 바뀌었다. 입학 이전의 자신의 모습을 하나씩 버리면서, 좋아하고 하고 싶었던 활동이 아닌 학교에서 하는 활동들을 하며, 성향도 적성도 성격도 많이 바뀌었다. 승연이는 이런 점을 느끼고 있었지만 부정하고 있었다. 자신은 변하지 않았다고 희망을 버리지 않았다고. 그래서 여름방학 캠프에 신청서를 넣었던 것이다. 하지만 결과를 보고 승연은 더 이상 부정할 수만은 없었다. 승연은 대회 준비로 혼자 빈 교실에 앉아 눈물을 흘렸다. 눈물이 멈추지 않았다. 알고 있었지만 부정했던 것들을 받아들이고 원래 꿈을 완전히 포기하는 데까지 꽤나 오래 걸렸다. 승연은 차라리 잘되었다고 생각하면서도 눈물을 멈출 수 없었다.

"싫다고! 내가 알아서 해."
승연이는 방문을 세게 닫아버리고는 책상에 앉아 노트북을 켰다.
과학자라는 꿈을 포기하자 승연이의 아빠는 기다렸다는 듯이 의사 이야기를 꺼내기 시작했다. 과학자를 포기하며 과학자가 아니면 아무 소용없으니 뭐든 상관없다고 생각했던 승연이지만 의사만큼은 죽어도 싫었다. 하지만 부모님은 포기하지 않았고 갈등은 계속되었다. 하지만 승연은 도무지 어떤 진로를 선택해야 할지 감이 잡히질 않았다. 자신의 적성과 성향이, 관심사가 변한 것은 알고 있지만 승연이는 바뀐 적성의 진로는 싫었다. 그래서 좋아하는 일도 아니고 잘하는 일도 아니고 무엇을 해야 할지 몰라 갈팡질팡했다. 사실 가장 큰 문제는 진로 발표 대회였다. 당장 인터뷰를 하고 보고서를 제출해야 하지만 승연이는 꿈이 없었다.

승연은 낯선 사람들 사이에 앉아 있다. 의도나 계기를 가지고 앉아 있는 것은 아니었다. 여느 때처럼 승연은 그저 해야만 하는 일들이라 했을 뿐이고, 그분들을 만났던 것도 순전히 우연이었다. 처음에는 그저 좀 특이한 사람들이라고 생각했다. 한 가지 목적을 위해 여러 단체에서 나온 사람들이 모여 앉아 있었고 가장 먼저 A단체에서 발표를 시작했다. 다른 단체들도 사실 다 A단체에 속해 있다는 것을 알게 된 것은 한참 뒤의 일이었다. 무슨 프로젝트를 하기 위해 여러 청년 단체와 공동체들이 모였고 대부분이 뚜렷한 목표와 꿈, 그리고 사회를 바꾸겠다는 열정을 가지고 있었다. 승연은 딱히 열정을 가진 것도 목표가 있는 것도 아니었지만 분위기에 휩쓸려 열심히 발표도 했다. 그렇게 시작된 인연은 꽤나 오래, 그리고 넓게 이어졌다.

"안 힘들어?"

공동체 대표님이 승연의 옆자리에 앉으며 말을 건네었다. 승연은 여느 때처럼 배시시 웃으며 괜찮다고 답했다.

"승연이는 하고 싶은 게 뭐야?"

"저는 약대 진학하려구요. 그냥 성적 되는대로 화학과 가서 약대 간 다음에 제약 회사에 취직할까 생각 중이에요. 뭘 하든 자격증 하나 가지고 있으면 좋잖아요."

승연이는 밑도 끝도 없는 질문에 당황했지만 그냥 편하게 평소 생각을 이야기했다. 과학자라는 꿈을 포기하고 그저 돈 잘 벌고 안정적이면서 그래도 좀 좋아했던 화학을 하고 싶어서 적당히 약사나 될까, 라고 생각하고 있던 참이었다.

"그건 어른 돼서 생각하고, 네가 해야 되는 거 말고, 네가 진짜 하고 싶은 거."

승연은 말문이 턱 막혔다. 좋아하는 일, 하고 싶은 일 포기한 지도 오래였고 생각해 보지 않은 지도 오래였다.

"난 네가 마음에 들어. 그러니 하고 싶은 거 있으면 뭐든지 이야기해 봐. 쌤이 힘이 닿는 한 다 해 줄게. 연구? 카이스트에서 캠프 어때? 길게는 힘들고 방학 중에 숙박 캠프 같은 거. 아니면 정치 해 볼 생각은 없니? 국회나 청와대 견학하게 해 줄까? 아니면 대학생 돼서 국회 인턴은 어때? 네가 제약 회사 취직한다고 해도 국회 주무관 인턴 출신이라, 어떨 것 같아? 아니면……."

승연이는 아무 말도 할 수 없었다. 다시는 아무것도, 자신이 원하는 것은 할 수 없을 것이라고, 절대 해낼 수 없을 것이라고 생각했다. 승연의 마음속에 쌓여 오던 불신과 좌절의 응어리는 대표님의 말 한마디에 풀리기 시작했다. 승연은 활짝 웃어 보였다. 이전과 달리 더 밝은 얼굴로 웃어 보였다.

"좋아요."

고등학교에 입학하고 참 많이 방황했다. 실패도 좌절도 많이 겪었다. 또 사람을 어떻게 대해야 하는지조차 몰라서 친구들과도 갈등이 많았다. 그래서 더 스스로를 외면했다. 무서웠으니까. 그냥 환경 탓 남 탓을 했다. 그게 편했으니까. 이런 내가 유일하게 나 스스로를 솔직히 마주할 수 있었던 시간이 글을 쓰는 시간이었다. 글을 쓰면서 외면하고 피해 왔던, 그 누구에게도 말하지 못한 나를 마주하고 나와 싸우기도 하고 또 나를 다독이기도 했다. 그리고 소설 쓰기는 그 정점이었다.

나는 과학고를 떨어지고 인문계에 왔다. 그래서 스스로는 괜찮다고, 괜찮다고 늘 생각했지만 과학고는 나에게 뭐랄까…… 트라우마? 같은 것이 되었다. 그래서 더더욱 스스로를 외면했다. 그리고 소설을 쓰며 비로소 나 자신을 마주할 수 있었다. 과학고를 꿈꿨을 때의 행복했던 기억들부터 좌절했던 시간들 그리고 다시 새로운 꿈을 가져야겠다고 다짐하기까지. 이제야 과학고는 나에게 아무것도 아닌 것이 되었다.

사실 아직도 좀 아쉽고 고민스러운 부분이 결말을 어떻게 하지, 하는 거였다. 소설을 썼던 시점에도 나는 여전히 진로에 대해 고민을 하고 있었고 지금은 그때와는 또 완전히 다른 목표와 꿈을 꾸고 있다. 더구나 대입이라는 과정을 겪으면서 많이 바뀌었다. 하지만 앞으로도 이렇게 계속 성장해 나갈 것이라고 생각하며 그냥 그렇게 끝내야겠다고 결정을 내렸다.

소설을 통해 하고 싶은 이야기가 있다면 포기하지 말라는 말을 전하고 싶다. 나는 지금 과학고를 꿈꾸던 중학교 때도 감히 넘보지 못했던 대학들에 지망하여 대부분 합격했다. 정말 사람 앞일은 모르는구나 싶다. 공부, 성적, 대학뿐 아니라 인간적으로 내가 많이 성장했다는 것을 느낀다. 친구들과 전혀 어울리지 못하고 뾰족한 성격을 가졌던 내가 지금은 정말 다른 사람이 되었으니까. 내가 이렇게 바뀌리라고 어느 누가 상상이나 했을까?

··· 최해정

꿈을 향한 도전과 실패, 희망과 좌절, 그리고 다시 새로운 길 앞에 선 청소년 이야기다. 긴 시간 동안 꿈은 여러 가지로 변화했지만, 변치 않는 것은 자기 삶에 대한 열정과 에너지다. 어쨌든 뭔가 좋은 일을 해 보고 싶다는 것. 그리고 부딪쳐 피를 흘릴지언정 그냥 가만히 있지는 않는다는 것.

실제로 그렇게 열정이 넘치는 학생의 작품이다. 중학생 시절 공부를 제법 한다 하는 학생들이면 꿈꿔 보는 특목고. 이 소설에서 과학고의 입시 과정이 생생히 드러난 것도 의미 있다. 고교 입시에서 실패한 경험 때문이겠지만, 1학년 때 이 학생은 불만이 많아 보였다. 친구 관계도 힘들어했다. 그러나 다방면에 관심이 많았고, 지적 호기심이 넘쳤다. 화내고 울고 하면서도 자신이 하고 싶은 일, 해야 할 일을 포기하지 않았다. 2학년이 되어서는 더욱 열정적으로 학교 안팎의 활동에 참여했다. 친구 관계도 부드러워지는 것 같았다.

실망하고 좌절하고 상처받고 슬퍼하고 분노하며, 그러나 누구보다 치열하게 도전하고 실천하며 자신의 한계와 가능성을 끌어올려 보는 것. 배움의 역량이 아주 큰 학생인데, 중학생 시절부터 재능을 눈여겨보고 특별히 지도한 여러 선생님들의 힘도 컸던 것 같다.

처음 써 온 소설은 과학고에 실패하고 희망을 잃은 채 우리 학교로 진학하는 데서 끝나 있었다.

"이건 과거의 이야기이고, 지금 네가 어떻게 살고 있는지가 드러나면 좋겠는데. 지금도 그렇게 암울한 마음이야?"

"아니에요."

"그러면 새로운 길을 찾아가는 이야기로 끝이 나면 좋겠다. 실제로 너도 그렇지 않니?"

"맞아요. 고쳐 올게요."

그러더니 지금의 이야기로 보충해 왔다. 결말이 너무 점프한 것이 아쉽지만—여러 시민단체와 지역의 하천 살리기 프로젝트를 추진하면서 큰 배움을 얻은 것 같다.—구체적인 활동과 만난 사람들, 한 일 들을 자세히 써 주었으면 싶지만, 이 소설을 처음 쓸 땐 실패와 방황의 이야기에 더 초점을 맞추었으니 어쩔 수 없겠다. 아마도 지금 다시 글을 쓴다면 새로운 배움과 변화의 이야기를 더 풍부하게 쓸 것이다. 소설이 이렇게 끝날 수 있어서, 변화하고 성장하며 희망을 찾아가는 학생의 모습을 볼 수 있어서 기쁘다.

··· 조향미